도종환의

오장환 詩 깊이 읽기

도종환의
오장환 詩 깊이 읽기

도종환 지음

실천문학사

오장환 시인과의 인연

내가 오장환 시인에 대해 관심을 갖게 된 것은 그가 나와 같은 충북 출신의 시인이라는 점 때문이었다. 그러나 그의 시를 꼼꼼히 읽기 시작한 것은 오장환 시인의 고향인 회인 근처에 들어와 지내기 시작하면서부터다.

2003년 초부터 나는 아픈 몸을 추스르기 위해 보은의 산골로 들어와 지내기 시작했다. 회인에 있는 오장환 시인의 생가에서 십오 분 정도 떨어진 곳이다. 거기서 몇 해 동안 건강을 핑계로 아무것도 하지 않고 지내다 충남대 대학원으로부터 전화를 받았다. 나는 1989년 여름 충남대 대학원 박사과정을 수료하던 해에 감옥에 끌려가는 바람에 그만 논문도 쓰지 못하고, 졸업도 하지 못하고 말았다. 그런데 충남대 개교 50주년 기념으로 그동안 논문을 쓰지 못한 이들에게 논문을 쓸 기회를 준다는 연락이었다.

처음엔 이미 학문의 길을 떠나 다른 일을 한 지 오래되었는데 무슨 면목으로 다시 논문을 쓴단 말인가 하고 접어두고 말았는데, 정년퇴임 하신 옛 은사가 전화를 다시 하셔서 권유하시는 바람에 어쩔 수 없이 대답을 하고 말았다.

논문을 쓰겠다고 하고 나서 고민을 하다 생각해보니 그동안 십 년 넘게 오장환문학제를 해오면서 새롭게 발견해낸 자료가 많다는 것과 그 자료들을 토대로 쓰면 되겠구나 하는 생각이 들었다.

오장환문학제를 오랫동안 해오면서 생존해 있는 오장환의 인척과 어릴 적 친구를 찾을 수 있었다. 또한 오장환이 다닌 학교들을 방문하였다. 이 과정에서 오장환이 휘문고보에 다닐 때 문예반으로 교지 『휘문』을 만드는 작업에 참여하였고, 여기에 「아침」, 「화염」, 「조개껍데기」 등의 시를 발표했다는 것을 알게 되었다. 『휘문』에서 오장환과 문예반원들이 함께 찍은 사진도 찾을 수 있었다. 이 중에 앞에 있는 두 편의 시는 오장환이 16세 때 발표한 「목욕간」보다 앞서 쓴 시임을 확인할 수 있었다.

방정환이 만들었던 잡지 『어린이』와, 『조선일보』에 발표한 동시를 포함하여 44편에 이르는 동시를 찾을 수 있었다. 이 작품들을 읽으며 오장환에 대한 기존의 연구를 보완하며 좀 더 폭넓은 연구를 다시 시작해야 할 필요가 있다는 생각을 하였다.

오장환의 첫 시집 『성벽』에 나오는 첫 번째 시 「월향구천곡(月香九天曲)」은 이렇게 시작한다. "오랑주 껍질을 벗기면/손을 적신다/향내가 난다" 이 시 맨 앞에 나오는 '오랑주'라는 말부터 이해가 되지 않아 읽기가 힘들다. 제목도 고답적이어서 정서적으로 잘 다가오지 않고 무슨 의미인지 쉽게 전달이 되지 않는다. 오랑주는 오렌지를 말한다. 시마다 어려운 어휘들이 여러 개씩 있다. 그래서 시 속으로 빨려 들어가는 것이 아니라 읽다가 생각의 흐름이 막히게 되고, 시적 매력을 느끼기 어려워 펼쳤던 시집을 접는 경우가 있었다.

그래서 오장환의 시를 읽을 때마다 느꼈던 머뭇거림을 해결하기 위해 작품을 꼼꼼히 읽기 시작했다. 모르는 시어가 있으면 각종 어휘 사전을 찾아 해결해나갔다. 한 편 한 편의 시마다 그 시가 쓰인 연대와 배경, 성격과 주제, 맥락의 연결 관계와 시어 속에 숨겨진 심리 상태를 분석하였고, 유형별로 분류하였으며, 이를 빼곡하게 연필로 기록하고 정리해나갔다. 하루 종일 매달려서 겨우 시 한두 편을 읽고 정리하는 날도 있었다. 당시에는 특별한 직업도 없었기 때문에 길고 지루한 이 작업에 시간을 쏟을 수 있었다.

이 작업을 바탕으로 학위 논문을 썼다. 그리고 언젠가 시간을 내서 오장환 시집을 누구나 쉽게 읽고 감상할 수 있도록 시 한 편 한 편을 해설하는 책을 내야겠다고 마음먹었다. 그 계획이

여러 해 미루어지다가 보은군의 제안으로 이번에 이 책을 내게 되었다.

이번에 내는 『도종환의 오장환 詩 깊이 읽기』는 작품이 발표된 순서대로 골라서 엮었다. 다만 동시는 앞부분에 배치하였고, 다른 시들은 발표된 순서를 기준으로 배열하였다. 모든 작품을 다 수록하지 않은 것은 책의 부피를 고려한 때문이며, 전편을 다 해설한 책이나 전집 출간은 다음 기회로 미루고자 한다.

남과 북 모두에서 다 지워지고 매몰되었던 오장환 시인의 시를 다시 꼼꼼히 읽고 이해하는 데 조금이라도 도움이 되었으면 하는 바람이다. 이 책이 나올 수 있도록 도와주신 정상혁 보은군수님, 배상록 전 보은군 시설관리 사업소장님과 관계자 여러분 그리고 실천문학사의 손택수 대표와 편집부 여러분께 감사의 인사를 올린다.

오장환 시인은 백석, 이용악과 더불어 1930년대 후반
우리나라를 대표하는 시인이다.

1918년 충북 보은군 회인면 중앙리 140번지에서 태어난
오장환 시인은 1951년 34세의 젊은 나이에 병사하였다.

오장환 시인은 휘문고등학교를 다닐 때 정지용 시인에게서 시를 배웠다.

휘문고등학교 문예반 활동을 하면서 교지 『휘문』에 「아침」,

「화염」과 같은 시를 발표하고, 『조선문학』에 「목욕간」을 발표하면서

시인으로 활동하였다. 그때 그의 나이 열여섯 살이었다.

어려서 박두진 시인과는 안성초등학교를 같이 다녔으며,

일본 지산중학에 유학하고 온 뒤부터는

서정주, 김광균, 이육사 시인 등과 가깝게 지냈다.

일제 말기 단 한 편의 친일시를 쓰지 않으면서 그 어둡고 궁핍한 시기를

견딘 오장환 시인은 신장병을 앓다가 병상에서 해방을 맞는다.

미소공동위원회가 결렬되면서 테러를 당해 치료할 곳을 찾아

남포로 갔고 거기서도 치료를 할 수 없어

모스크바 볼킨 병원으로 후송을 갔다. 그리고 한국전쟁의 와중에

치료를 받지 못한 채 34살의 나이에 안타깝게 세상을 떴다.

14세 무렵의 오장환

휘문고등보통학교 시절의 오장환(둘째 줄 맨 오른쪽)

휘문고등보통학교 시절의 오장환(앞줄 맨 왼쪽)

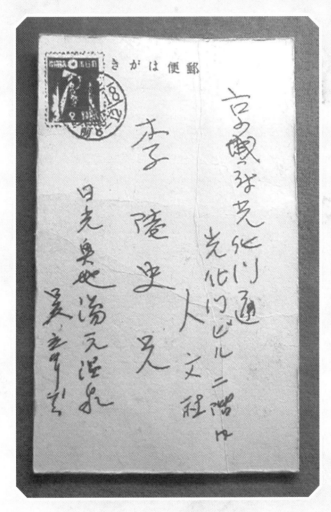

이육사 시인에게 보낸 오장환의 친필 엽서

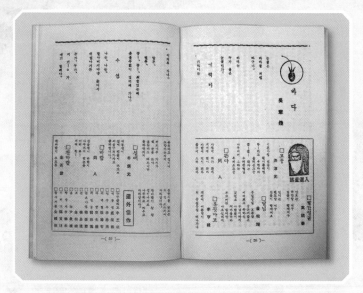

방정환의 『어린이』지에 실린 오장환의 동시 「바다」가 보인다

해방 후 문교부에서 발행한 중등국어 교본 하권 5, 6학년용에 수록된
오장환 시 「석탑의 노래」가 보인다

오장환이 최초로 쓴 시라고 알려진
「목욕간」보다 먼저 발표한 「아침」, 「화염」 등이
『휘문』지에 실린 것이 발견되었다

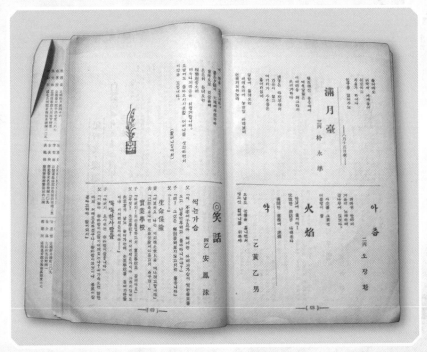

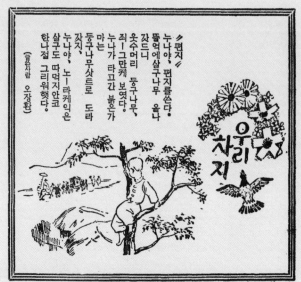

『조선일보』에 발표한 동시 「편지」와 「느진봄」

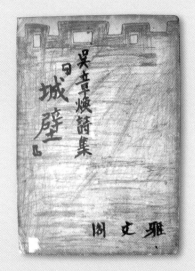

오장환의 첫 시집 『성벽』(1937) 표지 사진 , 두 번째 시집 『헌사』(1939) 표지 사진,
『예세닌 시집』(1946) 번역 출간, 네 번째 시집 『병든 서울』(1946) 표지 사진

세 번째 시집 『나 사는 곳』(1947) 표지 사진, 소련 기행 시집 『붉은 기』(1950) 표지 사진

3부 The Last Train

4부 길손의 노래

5부 병든 서울

1부

바다

바다

눈물은
바닷물처럼
짜구나.

바다는
누가 울은
눈물인가.

눈물은 여러 가지 속성을 지닌다. 그것은 아픔과 슬픔과 고통과 자기 정화와 억눌린 감정의 해소에 이르기까지 다양한 형태로 표현된다. 그러나 오장환은 눈물을 미각적으로 표현한다. 눈물의 맛이 바닷물처럼 짜다고 한다. 짜다는 것은 아프다거나 슬프다는 것과 거리가 멀다. 아픔은 대개 심정적 차원이나 촉각적 차원으로 느끼는 것이 일반적인데 오장환은 전혀 낯선 감각으로 다가간다. 어쩌면 이것은 눈물을 생활의 차원으로 끌어내리거나 일상의 감각으로 바꾸려는 시도인지도 모른다. 눈물의 맛을 보았다는 것은 고통과 슬픔을 심정의 차원이 아니라 경험으로 느끼고 체험으로 안다는 것이기도 하다. 그만큼 더 절실히 다가오는 슬픔이라는 느낌을 준다.

그러나 이 시의 미적 완성은 1연에 있지 않다. 2연의 '뒤집어 생각하기'에 있다. 눈물이 일상의 삶 속에서 솟는 것이라면 바다는 얼마나 많은 사람들의 눈물이 거기 스며들어 있는 것인가 하는 수사적 질문을 던지는 것이다. 그리하여 이 시의 공간은 개인적인 슬픔에서 측량할 수 없이 넓고 큰 슬픔으로 확장된다. 눈물을 흘리며 바다를 생각하고, 바다를 보며 가없는 슬픔을 생각한다. 눈물과 바다가 지니고 있는 '물'이라는 유사성에서 출발하여 대구와 대조의 간결한 방식을 통해 짚어내는 슬픔의 의미가 깊고 크다.

기러기

기러기는
어디로 가나.

달도,
별도,
꽁―,꽁―, 죄 숨었는데
촛불도 없이 어떻게 가나.

어두워지는 저녁 하늘로 날아가는 기러기를 보면서 쓴 동시다. 생명을 가진 것들에 대한 애정과 연민이 가득하다.

날은 어두워지고 있다. 그날따라 날이 흐려 달도 별도 보이지 않는데 먼 길을 어떻게 갈지 걱정하는 어린이의 눈으로 대상을 바라보고 있다. 사람 같으면 촛불이라도 켜들고 갈 텐데 촛불도 없이 어떻게 막막한 하늘에서 길을 찾아갈 것인가 하는 걱정을 하고 있다.

어두운 밤하늘과 외로운 기러기를 대비시킨 이 장면은 점점 어두워지는 당대 현실과 그 속에서 길을 찾아가야 하는 여리고 힘없는 어린 생명들을 향한 연민과 그래도 어떻게든 자기 길을 가야 한다는 당부가 숨어 있지 않을까 싶다.

애기꿈

애기가 코— 자면서 입을 옴죽옴죽 하곤 젖먹는 혀늉을 하네.

엄마가

젖 안 난다고 하시더니 꿈에 가서 실컷 먹는 게야.

잠자는 아기를 들여다보는 사람은 아이일 것 같다. 동생이 잠든 모습을 보고 있는 것이리라. 아기는 잠을 자면서도 입을 옴줄옴줄 하고 있다. 입을 옴줄거리는 건 엄마 젖을 먹던 버릇일 것이다. 그런데 아기는 엄마의 젖이 잘 나지 않아 젖을 많이 먹지 못했다. 얼마나 허기지고 배가 고팠을까. 그래서 잠을 자면서도 젖 먹는 시늉을 하는 건지도 모른다. 그 모습을 보면서 "꿈에 가서 실컷 먹는 게야" 하고 생각하며 동생을 안쓰럽게 지켜보는 것이리라. 아기를 바라보는 눈 속엔 꿈속에서라도 실컷 먹었으면 좋겠다는 바람과 위로의 마음과 연민이 가득 고여 있을 것이다.

시어풀이

- 혀늉 : 시늉.
- 옴줄옴줄 : 입을 오물오물 하는 모양.

편지

누나야, 편지를 쓴다.
뜨락에 살구나무 올라갔더니
웃수머리 둥구나무,
조—그만하게 보였다.
누나가 타고 간 붉은 가마는
둥구나무 샅으로 돌아갔지,
누나야, 노—랗게 익은
살구도 따먹지 않고
한나절 그리워했다.

이 동시의 화자는 남자아이다. 시집간 누나에게 편지를 쓰는 형식을 빌려 자신이 누나와 헤어질 때 얼마나 마음이 아팠는가를 서정적으로 전달한다. 옛날에는 여자가 시집을 갈 때 가마를 타고 갔다. 동생은 누나가 탄 가마가 집을 나가 동네를 지나 안 보이게 되자 살구나무로 올라간다.

누나가 가는 모습을 조금이라도 더 지켜보고 싶어 뜨락에 있는 살구나무에 올라가 누나가 타고 가는 붉은 가마가 둥구나무 좁은 길을 돌아갈 때까지 쳐다본다. 누나를 보려고 올라간 살구나무에서 크고 오래된 정자나무가 조그맣게 보이는 먼 거리까지 동생은 지켜보고 있었다.

누나가 보이지 않게 된 뒤에도 동생은 누나를 생각하며 한나절을 보냈다. 평상시 같으면 노랗게 익은 살구를 따먹으며 놀았겠지만 그날은 그 노란 살구도 먹고 싶은 생각이 들지 않았다. 시집가는 누나와 헤어져야 하는 이별의 아픔과 누나에 대한 그리움이 잘 나타나 있는 동시다. 이 동시에는 토속적인 정경과 정감 어린 시어가 잘 어울리는 서정의 울림이 있다.

🍎 시어풀이
- 뜨락 : 뜰.
- 샅 : 고샅. 촌락의 좁은 골목길.
- 웃수머리 : 충북 보은군 회인면 중앙리 2구에 있는 마을 이름. 웃숲머리라고도 한다.
- 둥구나무 : 크고 오래된 정자나무.

1부 바다

내 생일

두루루루
두루루루
가는 맷돌은
빈대떡 부치려고 가—는 매.
내일은 내 생일.
두루루루
두루루루
엄마는 한나절 맷돌을 간다.

이 시는 "두루루루"라는 말로 시작한다. 맷돌 가는 소리를 가리키는 의성어 "두루루루"가 네 번이나 나온다. 반복되는 이 말은 기쁘고 즐거운 마음의 소리를 대신하는 소리다. 이 시는 아무 말이 없다. 그저 엄마가 한나절 맷돌을 간다는 이야기만 있을 뿐이다. 지금은 우리가 먹을 음식을 시장이나 마트에서 사오지만 옛날에는 집에서 직접 맷돌에다 녹두를 갈아서 만들었다.

'내일이 시적 화자의 생일이다. 엄마가 나를 위해 오늘부터 한나절 맷돌을 갈며 빈대떡 부칠 준비를 한다' 그런 모습을 지켜보는 아이의 마음은 얼마나 기쁨으로 들떠 있겠는가. 그 들뜨고 기쁜 마음이 "두루루루" 소리 속에 들어 있다.

🍃 시어풀이
• 맷돌 : 곡식을 가는 데 쓰는 기구. 둥글고 넓적한 돌 두 개를 포개고, 위에 있는 아가리에 갈 곡식을 넣어 위짝을 돌려서 갈게 됨. 【준말】매.

섬골

이끼 앉은
청솔바위 밑
소나무 아래.
바닷바람은
작고 간지러워
송이버섯은
문틈, 문틈
솟아오른다.

이 시는 청솔바위 밑 소나무 아래 솟아 올라와 있는 송이버섯을 보고 쓴 시다. 송이버섯 한 송이를 바라보는 눈이 생명에 대한 경이로움으로 가득 차 있다. 이끼가 앉은 청솔바위는 오래된 바위일 것이다. 바위 옆에 소나무가 서 있고 그곳으로 바닷바람이 불어온다. 청솔바위나 소나무는 오랜 연륜으로 깊어진 것들이다. 바닷바람을 맞으며 살아오는 동안 시련 속에서 굳건해지며 자기 무게를 지닌 것들이다.

그런 바닷바람이 바위나 소나무만이 아니라 작은 송이버섯도 자라게 한다. 청솔바위 밑 소나무 아래 문틀, 문틀 솟아오르는 작은 송이버섯. 비록 작고 여린 생명이지만 그것을 바라보는 화자의 눈은 생명에 대한 사랑으로 가득 차 있다.

송이버섯이 솟아오르는 모양을 표현한 "문틀, 문틀"이란 시어를 이 시에서 처음 접했는데 이 말이 주는 생동감이 이 시를 더욱 싱그럽게 살려내고 있다.

별

별,
밤새도록 잠 안 자고 반짝이는 조그만 별아!
이슥—하여 내리는
밤이슬,
너는 촉촉이 젖겠다.
내일은
아침 햇볕 솟아올라도
숨지를 말고
부디, 밤에 적신 네 옷을
말려 입어라.

밤이슬이 내리는 깊은 밤. 밖에 나와 하늘을 보니 조그만 별이 반짝이고 있다. 별은 밤새도록 잠을 안 자고 저렇게 반짝이고 있구나 하는 생각을 한다. 밤이슬에 옷이 젖는 걸 보다가 별도 이슬에 촉촉하게 젖겠구나 하는 생각을 한다.

그 별은 아침에 해가 솟아오르면 몸을 숨기곤 한다. 그런데 내일은 숨지 말고 이슬에 적신 옷을 말려 입기를 바란다고 별에게 말하고 있다. 별도 나처럼 옷을 입고 있을 것이고, 그 옷이 밤이슬에 젖을지도 모른다는 생각을 하고, 그걸 말려 입기 바라는 아름다운 동화적 상상으로 이 시는 씌어져 있다.

정거장

정거장엔, 할머니 한 분,

차는, 벌써 떠나갔는데,

돌아가지도 않고,

기다립니다

어둑―한, 길목엔,

깜작, 깜작, 등불이

켜졌어도,

막차가 떠나간 정거장서

할머니는 누구를

기다리시는지,

우두커―니 서서,

돌아가지도 않고 기다리십니다.

막차가 떠난 지 오래인 정거장에서 돌아가지 못하고 누군가를 기다리는 할머니. 화자는 지금 그 할머니를 걱정스러운 눈으로 바라본다. 할머니가 정거장에서 기다리던 사람은 오지 않았다. 그것만으로도 마음이 아플 것이다. 기다리던 사람에 대한 믿음과 기대를 아직 다 버리지 못한 할머니. 할머니의 심정을 화자는 간접적으로 알아내어 읽는 이들에게 전달한다.

"벌써"라는 말을 통해 오래도록 정거장을 떠나지 못하고 있음을 알려주고 있다. 또한 "우두커니 서서"라는 말을 통해 할머니의 마음이 편하지 않으며 기다린 사람을 만나지 못한 허탈한 심정을 알려준다.

날은 어두워지고 "깜작, 깜작" 등불이 켜지기 시작하는 정경을 통해 할머니의 처지가 시간이 흐를수록 더욱 곤궁해질 것임을 암시한다. 그래서 더욱 걱정스러운 화자의 마음이 두 번이나 반복하는 "돌아가지도 않고 기다리십니다"라는 말 속에 들어 있다.

가는비

가는비가 내리면
송 송 송,
물방울이 솟아오르고
물고기들은
입을 쳐들며
송 송 송,
빗방울을 받아먹는다.

가는비는 가랑비다. 세차게 쏟아지는 한여름의 장대비가 아니라 가늘게 내리는 비다.

그 가랑비가 물가에 내리는 모습을 바라보며 쓴 시다. 가랑비가 물 위에 내리면서 생기는 물무늬 모양을 "송 송 송" 솟아오른다고 표현했다. 감각적이고 아름다운 표현이다. 그렇게 비가 내리면 물속에 있던 물고기들이 분주하게 움직이거나 물 위로 입을 쳐들기도 할 텐데 그걸 화자는 빗방울을 "송 송 송" 받아먹는다고 표현하고 있다.

앞부분의 "송 송 송"과 짝을 이루며 시 전체에 매끄러운 리듬과 생동감을 불어넣는다.

🍎 시어풀이

• 가는비 : 가늘게 내리는 비. 가랑비.

늦은 봄

노래 먼저 건너옵니다.
누가 부는지
버들 숲에 호들기 소리.
가까이 들려오는 호들기 소리.
좁은 개울이지만
그래도 발 벗고 건너십시오.
해설피엔 게으른 송아지도
풀밭에 무릎 꿇고 웁니다.

봄 풍경을 아주 잘 그린 동시다. 봄보다 노래가 먼저 건너온다고 한다. 봄보다 먼저 오는 건 어떤 것들일까. 봄보다 먼저 건너오는 노랫소리, 버들 숲에서 부는 호드기 소리, 개울물 소리, 송아지 울음소리, 이런 소리와 함께 봄은 오고 있다.

봄이 오는 모습을 그리는 시들은 시각적 이미지가 많이 나타나기 마련인데 이 시는 청각적 이미지만으로 봄 풍경을 만들어 내고 있다. 버드나무 가지를 꺾어 호드기를 불 정도면 버드나무 가지에 파랗게 물이 올랐다는 뜻이다.

좁은 개울이지만 발을 벗고 건너야 할 정도면 골짜기에 쌓여 있던 눈이 다 녹고 봄비가 많이 내렸다는 것이다. 해가 설핏 기울 무렵 풀밭에 앉아서 송아지가 느릿느릿한 소리로 울 정도면 풀을 많이 뜯어 먹었다는 것이다. 송아지가 풀밭에 앉아 여유 있게 울음을 울 정도로 풀이 자랐다는 것이다.

그렇다면 이 시의 계절은 늦게 오는 봄이라기보다는 늦봄이 어울릴 것 같다. 시의 표면에 사람이 드러나 있지는 않지만 사

🍎 **시어풀이**

• 호들기 : 호드기의 방언. 물오른 버들가지나 짤막한 밀짚 토막으로 만든 피리를 호드기라 한다.
• 해설피 : 해가 설핏 기울 무렵.

람의 모습과 체취가 간접적으로 드러나 보이고 있다. 사람의 모
습과 자연의 정취가 잘 어우러져 있는 아름다운 동시다.

아침

까마귀 한 마리
게을리 노래하며
감나무에 앉았다.

자슷물 그릇엔
어름덩이 둘

겨울 아침의 춥고 을씨년스런 풍경을 노래하고 있다. 시의 화자는 고개를 들어 시선을 위로 올린다. 검은 까마귀 한 마리가 앉아 있다. 그 까마귀가 느린 소리로 우짖는다. 까마귀 발 아래에 검은 감나무가 있다. 잎은 다 떨어진 검은 가지가 을씨년스런 풍경을 만들고 있다. 검은 감나무에 앉은 검은 까마귀 그리고 겨울 아침의 느린 까마귀 울음소리.

고개를 숙여 바라보니 개숫물 그릇엔 하얀 얼음이 얼어 있다. 두 덩어리의 얼음. 머리 위의 검은 풍경과 발 아래의 하얀 얼음이 선명한 색상대비를 이루고 있다.

검은 까마귀와 검은 나무의 배치와 조화, 두 개의 검은 사물과 두 개의 흰 얼음덩이의 긴장과 대립, 상극이면서 공존하는 풍경의 차가운 이미지를 서늘하게 그려내고 있다.

지금까지 오장환이 쓴 최초의 작품은 1933년 11월 『조선문학』지에 발표한 산문시 「목욕간」으로 알려져 왔다. 그러나 자료를 조사하고 확인해 본 결과 「아침」과 「화염」이란 작품이 「목욕간」보다 먼저 발표되었다. 1933년 2월 22일에 발간된 『휘문』임

🍎 시어풀이
• 자숫물 : 개숫물. 음식 그릇을 씻을 물. 설거지물.

044

시호에 실려 있는 시들이다. 『휘문』은 1922년에 창간된 휘문고보의 교지이다. 휘문고보의 재학생과 졸업생이 함께하는 문우회의 학예부장직을 맡은 정지용 시인(당시 21세)이 창간호의 편집위원을 맡았으며 1933년 2월 당시 2학년 병반이던 오장환은 여기에 처음으로 작품을 발표하게 된다.

화염(火焰)

한낮에 불이야!
황홀(恍惚)한 소방수(消防手) 나러든다

만개(滿開)한 장미(薔薇)에 호접(虎蝶)

색상의 대비를 통해 선명한 이미지를 창출해 내는 솜씨는 「화염(火焰)」 역시 예외가 아니다. 「화염」의 1행에서 시의 화자는 "불이야!" 하고 소리친다. 한낮에 무슨 불일까 하고 주목하게 만든다. 여기서 이야기하는 불이란 만개하여 활짝 핀 장미꽃의 은유이다. 장미꽃을 보고 지른 감탄의 소리다.

그리고 소방수는 호랑나비의 은유이다. 불을 끄기 위해 날아든 것으로 화자는 보고 있다. 그러나 꼭 불을 끄기 위한 것만이 아닐 수도 있다. 왜냐하면 황홀한 소방수라고 했기 때문이다. 황홀해진 소방수라면 불의 아름다움에 매료되었다는 뜻이다. 빨간 장미의 빛깔과 호랑나비의 현란한 색상이 시각적으로 잘 어우러져 있다. 이 시는 표현의 외형을 보면 장미라는 "불"과 소방수라는 "물", 서로 상극인 것을 대립시켜 놓은 것처럼 보이면서도 내면으로는 황홀한 조화를 이루고 있다. 거부와 유혹, 경계심과 흡인력, 대치와 합일, 밀어내기와 끌어당기기의 긴장이 색상대비와 겹치면서 시의 완성도를 높인다.

"만개한 장미에 호접" 이렇게 종결 처리를 하는 솜씨도 뛰어

시어풀이
- 화염 : 불꽃.
- 호접(虎蝶) : 호랑나비.

나다. 그것은 앞의 시 「아침」도 마찬가지다. 명사로 끝냄으로써
시 전체가 깔끔하고 단아한 느낌을 준다.

조개껍데기

대글대글

◇

색동저고리 떨치인 조개껍데기

◇

조수(潮水)가 물러 선 사변(砂邊)에 일광욕을 하오.

이 시는 바닷가 모래밭에 있는 조개껍데기를 보고 쓴 시이다. 시의 화자는 색동저고리처럼 원색으로 알록달록한 조개를 보고 있다. 조수가 밀려가자 그 아름다운 색깔을 흔들어 떨어지게 하고 벗은 몸으로 일광욕이라도 하는 듯 대글대글 뒹구는 조개의 모습을 동화적인 눈으로 바라보고 있다. 바닷가 모래밭에서 본 조개의 아름다운 모습을 시각적으로 잘 그려내고 있는 짧은 3행시이다.

김기림이 "콕토를 생각하게 하는 대담한 에스프리의 발화"라고 언급하거나 "오장환 씨는 일찍이 길거리에 버려진 조개껍질을 귀에 대고도 바다의 파도 소리를 듣는 아름다운 환상과 직관의 시인이었다"고 한 것이 이런 시를 읽고 나서 했던 말이 아닌가 싶다.

🍎 시어풀이
- 조수(潮水) : 일정한 시간을 두고 주기적으로 들어왔다 나갔다 하는 바닷물.
- 사변(砂邊) : 바닷가 모래밭.

목욕간

내가 수업료를 바치지 못하고 정학을 받아 귀향하였을 때 달
포가 넘도록 청결을 하지 못한 내 몸을 씻어보려고 나는 욕탕엘
갔었지

뜨거운 물속에 왼몸을 잠그고 잠시 아른거리는 정신에 도취
할 것을 그리어 보며

나는 아저씨와 함께 욕탕엘 갔었지

아저씨의 말씀은 "내가 돈 주고 때 씻기는 생전 처음인 걸"
하시었네

아저씨는 오늘 할 수 없이 허리 굽은 늙은 밤나무를 베어 장
작을 만들어가지고 팔러 나오신 길이었네

이 고목은 할아버지 열두 살 적에 심으신 세전지물(世傳之物)
이라고 언제나 "이 집은 팔아도 밤나무만은 못 팔겠다" 하시더
니 그것을 베어가지고 오셨네그려

아저씨는 오늘 아침에 오시어 이곳에 한 개밖에 없는 목욕탕
에 이 밤나무 장작을 팔으시었지

그리하여 이 나무로 데운 물에라도 좀 몸을 대이고 싶으셔서
할아버님의 유물의 부품이라도 좀더 가차이 하시려고 아저씨

의 목적은 때 씻는 것이 아니었던 것일세

세시쯤 해서 아저씨와 함께 욕탕엘 갔었지

그러나 문이 닫혀 있데그려

"어째 오늘은 열지 않으시우" 내가 이렇게 물을 때에 "네 나무가 떨어져서" 이렇게 주인은 얼버무리었네

"아니 내가 아까 두시쯤 해서 판 장작을 다 때었단 말이요?" 하고 아저씨는 의심스러이 뒷담을 쳐다보시었네

"へ, 實は 今日が市日で あかたらけの田舎っぺ−が群をなして來ますからねえ"하고 뿔떡같이 생긴 주인은 구격이 맞지도 않게 피시시 웃으며 아저씨를 바라다보았네

"가자!"

"가지요" 거의 한때 이런 말이 숙질의 입에서 흘러나왔지

아저씨도 야학에 다니셔서 그따위 말마디는 알으시네 우리는 괘씸해서 그곳을 나왔네

그 이튿날일세 아저씨는 나보고 다시 목욕탕엘 가자고 하시었네

"못 하겠습니다 그런 더러운 모욕을 당하고……"

"음 네 말도 그럴듯하지만 그래두 가자" 하시고 강제로 나를 끌고 가셨지

목욕간은 말 그대로 목욕을 하는 곳이다. 대중 목욕탕이다. 일제에 의해 식민지 도시화가 진행되면서 새로 생긴 것 중의 하나가 당시의 목욕간이다. 이 시에 나오는 아저씨의 말대로 당시 조선 사람들에게 "돈 주고 때 씻기는 생전 처음"인 경우가 많았을 것이다. 아저씨는 변화하는 자본주의적 생활양식의 온기에 대한 선망과, 그런 생활에 편입되고 싶은 마음이 있는 사람이다. 그런데 아저씨는 봉건적 유산으로 물려받은 게 밤나무 한 그루밖에 없다. 현실적으로는 그렇게 빈궁하다. 그걸 베어 팔아서라도 신생활의 온기를 느껴보고 싶어 한다. 생활의 온기가 되지 못하는 할아버지의 유물을 베어내 자신의 몸의 구석구석을 따뜻하고 청결하게 하는 것으로 바꾸고 싶어 했지만 그 과정이 순탄치 않다.

목욕간 주인은 아저씨와 나를 손님으로 받기를 거부한다. 겉으로는 나무가 떨어져서 그런다고 하지만 두 시에 아저씨가 베어다 판 나무가 세 시에 다 떨어졌을 리 없다. 사실은 "오늘이 장날인데 때투성이 촌놈들이 무리를 지어 오기 때문에" 문을 닫아두고 있는 것이다. 인간적 모욕을 견딜 수 없어 목욕간을 박차고 나왔지만 그 이튿날 아저씨는 나보고 다시 목욕탕엘 가자고 한다.

이 시는 목욕간에 가는 일을 중심으로 자존심을 지키는 일과

거부하는 일 사이에 갈등하다 끌려가는 나의 모습과 아저씨 두 사람을 다 비판하고 있다.

이 시에서 화자가 느끼는 모욕감의 핵심은 민족적 차별, 계급적 차별이다. 식민지 주변부 자본주의의 온기를 누려보고자 하는 마음과 그러기 위해서 모욕을 견뎌야 하는 갈등 속에서 자신과 아저씨가 당대 삶의 주체가 아니라 타자라는 것을 확인하고 있다.

🍀 시어풀이

- "へ, 實は 今日が市日で あかたらけの田舍っぺ―が群をなして來ますからねえ"
  : 에, 실은 오늘이 장날인데 때투성이 촌놈들이 무리를 지어 오기 때문에.
- 세전지물(世傳之物) : 대대로 전해 내려오는 물건.
- 숙질(叔姪) : 아저씨와 조카.
- 뽈떡같이 : 보잘것없이 라는 뜻의 비유가 아닐까 싶다. 혹은 불독(bulldog)같이 생긴 모양을 비유한 말일 수도 있다.

카메라 룸

사 진

어렸을 때를 붙들어두었던 나의 거울을 본다. 이놈은 진보가
없다.

불 효

이 어린 병아리는 인공부화의 엄마를 가졌다. 그놈은 정직한
불효다.

백합과 벌 BAND "Lily"

벌은 이곳의 조그말 나팔수다.

복 수

—홍, 미친 자식!

그놈을 비웃고 나니 그놈의 애비가 내게 하던 말이 생각난
다.

이것도 무의식중의 조그만 복수라 할까?

낙 파(落葩)

무디인 식칼로 꽃비늘을 훑는 젊은 바람의 식욕. 나는 멀리
낚시질을 그리워한다.

낙 엽

아파트의 푸른 신사가 떠난 다음에
산새는 아침 일과인 철 늦은 소다수를 단념하였다.

서 낭

인의예지(仁義禮智)—
당오(當五).
당백(當百).
상평통보(常平通寶).
일전(一錢)—광무 2년—약(略)
이 조그만 고전수집가(古錢蒐集家)는 적도의 토인과 같이 알
몸뚱이에 보석을 걸었다.

사 진

어렸을 때를 붙들어두었던 나의 거울을 본다. 이
놈은 진보가 없다.

사진을 거울에 비유하고 있다. "어렸을 때를 붙들어두었던
나의 거울"이란 어릴 때 찍었던 나의 사진을 비유하는 말이다.
그걸 보고 있는 것이다. 그런데 어린 시절의 사진은 진보가 없
다고 말한다. 사진을 진보라는 말과 결합한 점에 이 시의 독특
함이 있다. 시간의 흐름에서 단절된 채 홀로 존재하고 있는 어
릴 적 사진은, 사진 속의 주인공이 계속 성장하고 변화하는 것
과는 달리 진보하기를 기대할 수 없지 않은가. 사진의 속성을
간단하고 인상적으로 포착한 점이 이 짧은 시의 장점이다.

불 효

이 어린 병아리는 인공부화의 엄마를 가졌다. 그놈은 정직한 불효
다.

닭이 알을 품어 병아리가 태어나는 것이지만 인공부화로 태
어나는 병아리도 있다. 이럴 경우 인공부화된 병아리는 누구를
엄마로 생각하고 고마워해야 할까? 자신을 이 세상에 태어나게
해 준 것이 기계일 때 누구에게 효도를 해야 하는가? 인공부화

로 태어난 병아리가 자신의 부모를 찾아 효도하려 하지 않는 것
은 불효이나 그것은 현대 문명에 의해 생긴 것이니 정직한 불효
가 아닌가 하고 질문을 던지고 있다.

　　백합과 벌 BAND "Lily"
벌은 이곳의 조그만 나팔수다.

이 시는 일곱 편의 단시 중에서도 가장 짧은 시다. 벌을 조그
만 나팔수라고 말하고 있다. 백합꽃 생긴 모양이 나팔 같다는
데서 착상하여 벌을 나팔수라고 비유한 것이 참신하다. 벌이
백합꽃 속에 들어가 날개를 떨며 내는 소리를 들으면서 그 소
리를 나팔소리라고 생각했을 것이다.
　그리고 "Lily"라는 이름의 '백합과 벌 밴드'라고 한 걸 보면 백
합꽃 속을 드나들며 날개 소리를 내는 벌이 한두 마리가 아니고
여러 마리일 것이라는 유추를 하게 한다. 한 행의 짧은 시지만
그 안에 많은 상상을 하게 하는 넓은 공간이 들어 있다.

🍎 시어풀이
• 밴드(Band) : 악대.

복 수

—흥, 미친 자식!

그놈을 비웃고 나니 그놈의 애비가 내게 하던 말이 생각난다.

이것도 무의식중의 조그만 복수라 할까?

"흥, 미친 자식!" 이 말 속에는 욕만 있는 게 아니라 비웃음도
있다. 욕을 하고 났더니 상대방의 아버지가 내게 했던 욕이 생
각난다. 그 사람의 아버지가 내게 했던 욕이 사라지지 않고 오
랫동안 내 무의식 속에 남아 있었다는 뜻이다. 내 욕은 비웃음
과 욕을 기억하고 있다가 그대로 돌려준 것이라는 의미를 지니
고 있기도 하다. 복수의 아이러니를 보여주는 발상의 대담함과
기지가 있다.

낙 파(落葩)

무디인 식칼로 꽃비늘을 훑는 젊은 바람의 식욕. 나는 멀리 낚시질
을 그리워한다.

낙파(落葩)는 지는 꽃이다. 「낙파」는 일곱 편의 단시 중에서
가장 현대적인 감각의 경지를 보여주는 시이다. 꽃잎이 투둑투
둑 떨어지는 소리가 들릴 것 같은 상상을 하게 한다. 꽃이 툭툭
지는 모습을 식칼로 생선의 비늘을 훑어내는 것에 비유하여 표

현하고 있다. 잘 드는 칼이 아닌 무딘 식칼로 비늘을 훑어내면 비늘이 잘 떨어지지 않고 거친 소리가 나게 된다. 바람이 꽃비늘을 훑는 동안 무딘 바람의 칼에 어쩌지 못하고 힘겹게 떨어지는 꽃잎의 모습을 떠올리게 한다.

바람과 식칼, 꽃잎과 생선 비늘을 연결시킨 상상력이 참신하다. 이 상상력은 생선의 이미지로 이어지고 낚시질로 확장되고 있다.

낙 엽

아파트의 푸른 신사가 떠난 다음에

산새는 아침 일과인 철늦은 소다수를 단념하였다.

이 작품 역시 「백합과 벌 BAND "Lily"」, 「낙파」처럼 회화적 이미지가 두드러지는 시이다. 여기에서는 나뭇잎을 푸른 신사에, 나뭇잎이 모여 있는 나무를 아파트에 비유하고 있다. 아파트의 푸른 신사가 떠났다는 것은 나무의 푸른 나뭇잎이 졌다는 뜻이다. 그 나무에서 나뭇잎과 산새는 늘 같이 지내며 살았을

🍎 시어풀이
- 낙파(落葩) : 지는 꽃. 낙화. 파(葩)는 꽃송이.

것이다. 나뭇잎에 맺힌 이슬을 매일 일과처럼 마시며 함께 지냈을 것이다.

소다수란 톡톡 튀는 물일 텐데 여기서는 이슬이나 나뭇잎에 맺힌 물방울을 그렇게 비유한 것으로 보인다. 산새가 소다수를 단념한 것은 같이 지내던 나뭇잎이 떠났기 때문일 것이다. 나뭇잎이 무성할 때는 이슬방울이나 물방울도 많았을 것이다. 낙엽이 지고난 뒤에 철 늦게 맺힌 소다수를 발견하면 산새는 반가웠을 텐데도 그것을 단념한 걸 보면 산새가 나뭇잎과 헤어지고 난 뒤 얼마나 마음 아파 하고 있는지를 짐작하게 된다.

> 서 낭
> 인의예지(仁義 禮智)—
> 당오(當五).
> 당백(當百).
> 상평통보(常平通寶).
> 일전(一錢)—광무 2년—약(略)
> 이 조그만 고전수집가(古錢蒐集家)는 적도의 토인과 같이 알몸뚱이에 보석을 걸었다.

서낭은 서낭신이 붙어 있다는 나무를 말한다. 서낭신은 토지와 마을을 지켜준다는 부락의 수호신이다. 우리나라에는 고갯

마루에 서 있는 오래된 느티나무나 팽나무를 서낭신으로 모시
곤 하던 전통이 있다. 성황이라고도 한다.

「서낭」은 성황당 나무가 당오전, 당백전, 상평통보 같은 옛날
돈과 '인의예지' 같은 유교적인 담론이 적힌 글씨를 몸에 주렁
주렁 매달고 있는 모습을 고전수집가에, 알몸뚱이에 보석을 걸
고 있는 적도 지방의 토인에 비유하고 있다.

일곱 편의 짧은 시 모두 간략한 형태 속에 기지, 풍부한 비유
와 날카로운 감각, 참신하고 대담한 시적 상상을 집약해 넣은 현
대적인 모습의 시다.

시어풀이

- 서낭 : 서낭신이 붙어 있다는 나무. 서낭신은 토지와 마을을 지켜준다는 부락의 수
  호신인데 서낭신의 준말이 서낭이다. 성황(城隍)이라고도 한다.
- 당오 : 당오전의 준말. 다섯 푼이 엽전 백 푼과 맞서던 돈. 조선 고종 20년(1883)에
  만들었음.
- 당백 : 당백전의 준말. 조선 고종 때 발행한, 한 푼이 엽전 백 푼과 맞먹던 돈이다.
  경복궁을 지을 때 만들었음.
- 상평통보 : 조선 인조 11년(1633)부터 조선 후기까지 만들어 사용했던 엽전의 이름.
- 일전 : 전은 화폐의 단위로 예전에 엽전 열 푼을 일컫던 말.
- 광무(光武) : 대한 제국 고종의 연호.
- 토인 : 어떤 지방에 대대로 붙박이로 사는 사람. 원시적인 생활을 하는 미개인.

2부

황혼

성씨보(姓氏譜)
오래인 관습 — 그것은 전통을 말함이다

내 성은 오씨. 어째서 오가인지 나는 모른다. 가급적으로 알
리어주는 것은 해주로 이사온 일 청인(一淸人)이 조상이라는 가
계보의 검은 먹글씨. 옛날은 대국 숭배를 유심히는 하고 싶어
서, 우리 할아버니는 진실 이가였는지 상놈이었는지 알 수도 없
다. 똑똑한 사람들은 항상 가계보를 창작하였고 매매하였다. 나
는 역사를, 내 성을 믿지 않아도 좋다. 해변가로 밀려온 소라 속
처럼 나도 껍데기가 무척은 무거웁고나. 수통하고나. 이기적인,
너무나 이기적인 애욕을 잊으려면은 나는 성씨보가 필요치 않
다. 성씨보와 같은 관습이 필요치 않다.

이 시에서 화자는 족보나 성씨 가계보에 대해 전면적인 부정을 한다. 이런 자기 정체성에 대한 회의나 불만은 작가 자신이 서자라는 사실 때문이라고 볼 수도 있다. 그러나 부정의 내용을 좀 더 구체적으로 살펴보면 꼭 거기에 한정되어 있지만은 않다는 것을 알게 된다.

전반부의 설명적인 진술 속에는 우리가 한겨레, 한 핏줄이라는 혈연 의식 자체가 허위일 수 있다는 내용이 들어 있다. "해주로 이사온 일 청인이 조상이라는" 가계보의 기록 때문이다. 그리고 이것은 사대주의에서 시작된 것이며, 조선 후기로 오면서 족보를 돈으로 사고팔았다는 사실에 근거해 볼 때 양반이라는 것도 계급적 허위의식에 지나지 않는다고 화자는 생각한다. 지배층에서는 양반과 상민의 구별이 사회의 질서유지를 위해 꼭 필요한 것이라고 생각하였겠지만, 가계보가 창작되고 매매되면서부터 계급의 구별은 의미가 없어져 버린 것이다.

화자가 믿지 않으려고 하는 것은 봉건주의 역사와 자신의 계급적 신분이다. 그런 마음 상태가 "해변가로 밀려온 소라 속처럼 나도 껍데기가 무척은 무거웁고나. 수퉁하고나"라는 시적 표현 속에 담겨 있다. 여기서 말하는 껍데기란 족보의 껍데기이며 봉건잔재의 껍데기이다. '수퉁하다'는 말은 흉하거나 볼품이 없다는 말인데 성씨보라는 허위의식이 주는 무거움과 볼품없음을 표현하고 있다. 어쩌면 그것은 남성 중심의 봉건질서를 이어 가려는 가족 이기주의에 지나지 않는다고 보고 있다. 그래서 성 씨보와 같은 관습이 필요치 않다는 것이다.

이 시에는 "오래인 관습 ― 그것은 전통을 말함이다" 이런 부제가 있는데 이 말 때문에 오장환 시가 전통 부정의 성격을 띠고 있다고 연구자들은 말한다. 오장환이 부정하려 했던 것은 전통이 아니라 잘못된 봉건적 인습이다. 이 시는 "나는 성씨보 가 필요치 않다. 성씨보와 같은 관습이 필요치 않다"라는 말로 끝나고 있는데, 화자가 부정하는 것은 정확히 말하면 인습이다. 이 시는 성씨보와 같은 봉건적 관습은 부정해야 할 잘못된 전통 이라고 말하고 있다.

🍎 시어풀이

- 청인(淸人) : 청나라 사람.
- 가계보 : 한 가문의 계통과 혈통 관계를 기록한 책. 한 가문의 계보(系譜).
  보첩(譜牒). 족보. 이 시의 성씨보도 같은 의미로 쓰이고 있다.
- 수통하다 : 흉하고 볼품이 없다.

향수(鄉愁)

어머니는 무슨 필요가 있기에 나를 만든 것이냐! 나는 이항 (異港)에 살고 어메는 고향에 있어 얕은 키를 더욱더 꼬부려가며 무수한 세월들을 흰머리칼처럼 날려보내며, 오— 어메는 무슨, 죽을 때까지 윤락된 자식의 공명을 기다리는 것이냐. 충충한 세관의 창고를 기어달으며, 오늘도 나는 부두를 찾아나와 '쑤왈쑤왈' 지껄이는 이국 소년의 회화를 들으며, 한나절 나는 향수에 부대끼었다.

어메야! 온 세상 그 많은 물건 중에서 단지 하나밖에 없는 나의 어메! 지금의 내가 있는 곳은 광동인(廣東人)이 싣고 다니는 충충한 밀항선. 검고 비린 바다 위에 휘이한 각등(角燈)이 비치울 때면, 나는 함부로 술과 싸움과 도박을 하다가 어메가 그리워 어둑어둑한 부두로 나오기도 하였다. 어메여! 아는가 어두운 밤에 부두를 헤매이는 사람을. 암말도 않고 고향, 고향을 그리우는 사람들. 마음속에는 모두 깊은 상처를 숨겨가지고…… 띄엄, 띄엄이, 헤어져 있는 사람들.

암말도 않고 검은 그림자만 거니는 사람아! 서 있는 사람아! 늬가 옛땅을 그리워하는 것도, 내가 어메를 못 잊는 것도, 다 마찬가지 제 몸이 외로우니까 그런 것이 아니겠느냐.

어메야! 오륙 년이 넘도록 일자소식이 없는 이 불효한 자식의 편지를, 너는 무슨 손꼽아 기다리는 것이냐. 나는 틈틈이 생각해 본다. 너의 눈물을…… 오 — 어메는 무엇이었느냐! 너의 눈물은 몇 차례나 나의 불평과 결심을 죽여버렸고, 우는 듯, 웃는 듯, 나타나는 너의 환상에 나는 지금까지도 설운 마음을 끊이지는 못하여 왔다. 편지라는 서로이 서러움을 하소하는 풍습이려니, 어메는 행방도 모르는 자식의 안재(安在)를 믿음이 좋다.

이 시의 화자는 밀항선을 타고 이국의 항구를 떠도는 사람이다. 좀 더 좁혀서 이야기하면 고향을 떠나와 오륙 년째 소식을 전하지 않고 있는 어머니의 아들이다. 그가 있는 곳은 중국 광동 사람의 밀항선이다. 검고 비린 바다 위에 무서울 정도로 쓸쓸하고 적막한 등불이 비치는 분위기가 이 시의 배경을 이루고 있다. 화자는 그곳에서 술을 마시고 싸움과 도박을 하고 윤리적으로 타락한 삶을 살고 있다. 그러다 어머니가 그리우면 부두로 나와 어두운 밤거리를 헤매는 보헤미안이다. 어머니를 생각하면 마음이 약해지는 아들로 돌아가곤 한다. 자식을, 자식의 편지를 기다리는 어머니를 생각하면 삶에 대한 불평과 고향으로 돌아가지 않겠다는 결심이 죽어버리고 마는 아들이다.

그 부두에는 그렇게 말없이 고향을 그리워하며 방황하는 사람들이 많다. 그들은 겉으로는 타락한 삶을 살지만 속으로는 모두 깊은 상처를 숨기고 있는 사람들이다. 그들은 이국적 분위기 속에서 낮에는 향수에 부대끼고 밤이면 침묵과 고립과 어둠 속에서 어머니를 그리워한다.

"어머니는 무슨 필요가 있기에 나를 만든 것이냐!" 말은 이렇게 하지만 어머니에 대한 원망이나 미움의 말이 아니다. 자학의 말이다. 윤리적으로 타락한 자신을 생각하면서 내뱉는 말이다. 어머니에 대한 원망이었다면 이어지는 말도 원망의 심화이거나 확대이어야 할 텐데 그렇지 않다.

"얕은 키를 더욱더 꼬부려가며 무수한 세월들을 흰머리칼처럼 날려보내며" 고향에 살고 있는 어머니를 걱정하는 말이 이어진다. 늙고 기력이 쇠해지는 어머니에 대한 걱정이 앞서 있다. 시 전편에 어머니에 대한 그리움과 사랑과 연민이 훨씬 강하게 배어 있다.

🍎 시어풀이

- **이항** : 다른 나라의 항구.
- **충충하다** : 물이나 빛깔이 흐리고 침침하다.
- **각등(角燈)** : 손으로 들고 다니는 네모진 등. 랜턴.
- **휘이하다** : 휘휘하다. 무서울 정도로 쓸쓸하고 적막하다.
- **안재(安在)** : 편안하게 잘 있음.

면사무소

신작로 가으론 조그만 함석집이 있습니다.
유리창은 인조견처럼 뻔적거리고
촌민들이 세금을 바치러 들어갑니다.

「면사무소」는 짧은 삼행시지만 그 안에 많은 의미를 함축적으로 담아내고 있다. 소품처럼 보이기도 하고 이야기를 하다 만 것처럼 보이기도 하지만 이 시가 내포하고 있는 의미는 적지 않다.

면이란 비록 지방 행정의 하위단위이지만 농민들에게는 결코 작은 곳이 아니다. 그래서 "조그만 함석집"이란 역설적으로 표현한 것이다. 크기는 작지만 촌민들에겐 권력기관이기 때문이다. 그곳은 삶의 세세한 것을 지배하고 간섭하는 통제기관이고 징세기관이다. 그래서 유리창이 "인조견처럼 뻔적거리"는 것이다. 권력의 외화된 모습이 이렇게 비치는 것이다.

촌민들은 이곳에 세금을 바치러 들어간다. 세금을 내는 곳이므로 농민들에게는 권력기관으로 인식된다. 이 시가 발표된 1936년경에 세금을 거두어들이는 면사무소의 책임자는 일본인이거나 일본의 식민지 지배에 복종하는 조선인 관리였을 것이다. 권력의 주인, 지배자가 바뀐 것을 실감하게 하는 곳이 면사무소다. 그 면사무소가 새로 난 길, 신작로 옆에 있다는 것도 매

🍎 시어풀이
• 함석집 : 함석으로 지붕을 인 집. 함석은 겉에 아연을 입힌 철판으로 지붕을 이거나 양동이 · 대야 등을 만드는 데 씀.
• 인조견 : 명주실로 짠 비단.

우 상징적이다. 가장 하부에 있는 행정기관이지만 농민들에게
는 경제적으로나 생활면에서 가장 직접적인 통제를 실감하는
곳이다. 그곳은 일제 말기로 가면서 경제적 수탈만이 아니라
징병과 징용, 정신대 차출 등 생사여탈권을 관장하는 곳이기도
했다.

성벽(城壁)

　세세전대만년성(世世傳代萬年盛)하리라는 성벽은 편협한 야심처럼 검고 빽빽하거니 그러나 보수는 진보를 허락치 않아 뜨거운 물 끼얹고 고춧가루 뿌리던 성벽은 오래인 휴식에 인제는 이끼와 등넝쿨이 서로 엉키어 면도 않은 터거리처럼 지저분하도다.

오장환 시인의 첫 번째 시집 제목이기도 한 이 시에서 '성벽'은 보수라는 관념을 사물에 비유하여 형상화한 것이다. 본래 성벽은 바깥에서 성안을 공격하는 것들로부터 자신의 영역을 지키기 위하여 돌이나 흙으로 쌓은 것을 말한다. 이 성벽은 시대를 넘어 오랜 세월 번성하리라 믿었다. 그런데 지금 성벽은 검고 빽빽한 모습이다. 오장환 시에서 부정적이고 어두운 이미지를 나타낼 때는 검은색이 자주 등장한다. 빽빽하다는 것도 빈틈이 없다기보다는 방어적이고 폐쇄적인 느낌을 준다. 여유가 없고 자신감이 없어 보인다. 그 이유를 화자는 편협한 야심 때문이라고 생각한다. 편협하다는 것은 너그러운 마음이나 깊은 생각이 없어 도량이나 생각하는 것이 좁고 한쪽으로 치우쳤다는 뜻이다.

다른 것을 받아들일 너그러움이 없고 생각이 좁으며 한쪽으로 치우친 것을 화자는 보수라고 본다. 보수는 바로 그런 성격의 변화를 요구하는 진보의 공격에 "뜨거운 물 끼얹고 고춧가루"를 뿌린다. 성벽 안에서 진보에 대항하는 행위이다. 보수는 그런 방어 행위를 통해 진보의 요구를 막아내면서 오랜 휴식의 기간을 거쳤다. 그 오랜 휴식의 시간은 바로 점점 보수의 성격이 고착화되는 시기이며 변화를 두려워하여 더 이상 발전을 하지 못하는 정체된 시간이기도 하다.

그 휴식의 시간이 지난 현재의 성벽 모습을 화자는 "이끼와 둥넝쿨이 서로 엉키어 면도 않은 터거리처럼 지저분하도다" 이렇게 묘사하고 있다. 갈등이 있는 초췌한 모습이다. 역사의 정체로 인한 황폐함을 감추지 못하고 있다. 성벽의 이런 이미지는 「종가」의 돌담이나 「정문」의 방 안과 서로 통하는 데가 있다. 봉건잔재가 남아 있는 폐쇄적인 공간이라는 것이다. 그래서 성벽은 그 안에서 안주하는 존재들에게는 안전한 울타리이지만, 그 밖에서 외면당하는 존재들에게는 단단한 소외의 벽이 되기도 한다.

우기(雨期)

　　장판방엔 곰팡이가 목화송이 피듯 피어났고 이 방 주인은 막
벌이꾼. 지게목바리도 훈김이 서리어올랐다. 방바닥도 녹진녹
진하고 배창자도 녹진녹진하여 공복은 헝겊 오라기처럼 꿰어
져 나오고 와그르르 와그르르 숭얼거리어 뒷간 문턱을 드나들
다 고이를 적셨다.

우기는 비가 일 년 중 가장 많이 오는 시기 즉 장마철을 말한다. 비가 계속 내려 방에는 곰팡이가 목화송이 피듯 여기저기 피어나고 방바닥은 습기로 인해 눅눅하고 끈적거린다.

이 방의 주인인 막벌이꾼은 비가 계속 내려 일을 나가지 못하고 있다. 생계 수단 중의 하나인 지겟다리가 비에 젖으면서 김이 모락모락 솟아오르는 것을 보면 이날도 공치는 날이다. "공복은 헝겊 오라기처럼 꿰어져 나오고" 있는 걸 보니 일이 없어 제대로 먹지도 못하였다는 걸 알 수 있다. 얼마나 배가 고프면 허기가 헝겊 조각이 미어터져 나오듯 밖으로 나온다고 했을까?

거기다 이 막벌이꾼은 장마철에 병에 걸려 설사를 하고 있다. 뱃속이 부글거려 뒷간 문턱을 드나들다 홑바지를 적시곤 한다. 고의를 적셨다는 것은 지저분하고 끕끕하고 개운치 않은 하루를 살고 있다는 것이다.

🍎 시어풀이
- 녹진녹진하다 : 물기가 약간 있어 눅눅하면서 끈적거리다.
- 지게목바리 : 지게 몸체의 맨 아랫부분에 있는 양쪽 다리. 지게 목발. 지겟다리.
- 훈김 : 연기나 김 등으로 생기는 훈훈한 기운.
- 오라기 : 종이 · 헝겊 · 실 따위의 좁고 긴 조각.
- 꿰어지다 : 꿰지다. 내미는 힘으로 터지거나 미어지거나 찢어지거나 하다.
- 고이 : 남자의 여름 한복 홑바지. 고의.
- 숭얼거리다 : 탈날 조짐을 보이며 뱃속이 부글거리다.

이 시는 장마철의 눅눅하고 습기 찬 풍경을 사실적으로 보여주고 있다. 사람 살기에 적합하지 않는 환경에서 가난하고 병든 채 힘겹게 살아가는 당대 서민들의 삶의 눅눅한 모습을 있는 그대로 보여주는 것이기도 하다.

모촌(暮村)

추레한 지붕 썩어가는 추녀 위엔 박 한 통이 쇠었다.

밤서리 차게 내려앉는 밤 싱싱하던 넝쿨이 사그라붙던 밤.
지붕 밑 양주는 밤새워 싸웠다.

박이 딴딴히 굳고 나뭇잎새 우수수 떨어지던 날, 양주는 새
바가지 뀌어 들고 추레한 지붕, 썩어가는 추녀가 덮인 움막을
작별하였다.

이 시에 나오는 부부는 지붕도 추레하고 추녀도 썩어가는 집에 살고 있다. 양주는 부부를 말한다. 가을에 벼를 수확하고 나면 탈곡이 끝난 짚으로 지붕과 추녀를 인다. 그러나 이 시에 나오는 양주는 그럴 짚조차 갖고 있지 못하다. 화자는 그 두 양주가 밤새워 싸우다 움막과 작별하는 것을 보았다. 그 부부의 싸움은 가난에서 비롯되었을 것이다. 밤서리가 차게 내리고 넝쿨이 사그라붙고, 나뭇잎이 우수수 떨어지는 것으로 보아 계절은 가을이다. 가을이면 수확하고 거두어들이고 다음 해까지 먹을 양식을 쌓아두어야 하는 계절이다. 그러나 그들에게는 박 한 통 외에는 먹을 것이 없다.

부부 중 누구인가 먼저 떠나자고 했을 것이다. 떠나면 대책이 있느냐고 다른 한 사람이 말을 했을 것이다. 여기서 무슨 해결책이 나오느냐는 말이 오고갔을 것이고, 이대로 굶어죽자는 말이냐, 그런 말들이 싸움이 되었을 것이다.

박 한 통으로 양식을 하고 그것으로 바가지를 만들어 구걸을 떠나는 농민의 모습을 화자는 말없이 지켜본다. 그리고 그것이 어떤 작별인가를 생각한다. 그것은 유랑걸식의 시작이다. 가난하기 때문에 떠돌이가 되어야 하는 고통스러운 삶의 시작이요, 그렇게 뿌리를 잃고 떠돌아야 하는 식민지 치하 농민들의 삶의 단면을 보여준다.

「모촌」의 썩어가는 추녀는 당대 조선 농민의 삶의 모습을 상징적으로 보여주고 있으며 '모촌'은 저물어가는 농촌이면서 기울고 있는 민족 현실을 의미한다. 이렇게 저물어간 뒤에 곧 어둠이 올 것임을 암시한다.

🍎 시어풀이

- 모촌 : 저물 무렵의 농촌 마을.
- 추례하다 : 깨끗하지 못하고 생기가 없다. [작은말]초라하다.
- 쇠다 : 채소 따위가 너무 자라 연하지 않고 억세다.
- 양주 : 부부.
- 움막 : 땅을 파고 위에 거적 따위를 얹고 흙을 덮어 추위 · 더위 · 비바람을 막거나 겨울에 화초나 채소 등을 넣어 두는 곳을 움이라 한다.

정문(旌門)

염락(廉洛)·열녀불경이부충신불사이군(烈女不敬二夫忠臣不事二君)

열녀를 모셨다는 정문은 슬픈 울 창살로는 음산한 바람이 스미어들고 붉고 푸르게 칠한 황토 내음새 진하게 난다. 소저(小姐)는 고운 얼굴 방 안에만 숨어 앉아서 색시의 한시절 삼강오륜 주송지훈(朱宋之訓)을 본받아왔다. 오 물레 잣는 할멈의 진기한 이야기 중놈의 과객의 화적의 초립동이의 꿈보다 선명한 그림을 보여줌이여. 시꺼먼 사나이 힘세인 팔뚝 무서운 힘으로 으스러지게 안아준다는 이야기 소저에게는 몹시도 떨리는 식욕이었다. 소저의 신랑은 여섯 해 아래 소저는 시집을 가도 자위하였다. 쑤군, 쑤군 지껄이는 시집의 소문 소저는 겁이 나 병든 시에미의 똥맛을 핥아보았다. 오 효부라는 소문의 펼쳐짐이여! 양반은 죄금이라도 상놈을 속여야 하고 자랑으로 누르려 한다. 소저는 열아홉. 신랑은 열네 살 소저는 참지 못하여 목매이던 날 양반의 집은 삼엄하게 교통을 끊고 젊은 새댁이 독사에 물리려는 낭군을 구하려다 대신으로 죽었다는 슬픈 전설을 쏟아내었다. 이래서 생겨난 효부열녀의 정문 그들의 종친은 가문이나 번화하게 만들어보자고 정문의 광영을 붉게 푸르게 채색하였다.

유교 이데올로기로 지탱하는 봉건적 사회 질서가 여성에게는 얼마나 비인간적인가를 보여주는 대표적인 시가 「정문」이다.

가부장제나 장자 상속제에 의해 한 집안의 모든 재산이 장남에게 넘어가는 제도 아래에서 부인이나 딸들은 전혀 경제적인 힘을 갖지 못한다. 그러니까 자연히 남성에게 의존하는 삶을 살게 된다. 결혼은 이런 현실적 한계를 해결하기 위한 것처럼 보이기도 하지만, 결혼 제도 안에서 여성은 약자로 있을 수밖에 없으며 그 구조를 고치거나 거부하거나 거역할 수 없이 살아가야 한다. 따라서 여성은 결혼 제도 안에서 효와 열 같은 지배 이데올로기를 순종하고 따르도록 교육받았으며 인내하고 희생하며 살아가는 것을 미덕으로 받아들이게 되었다.

충신, 효자, 열녀들을 표창하기 위하여 집 앞에 세우는 정문은 유교 이데올로기의 표상이며 상징이다. 그러나 이 시에서 정문의 모습을 수식하는 어휘들은 "슬픈", "음산한" 이런 형용사들이다. 영광을 장식하기 위해 붉은색과 푸른색으로 단장을 했지만 거기서는 황토 흙냄새만 진하게 배어나올 뿐이다. 창살에 슬픔이 배어 있고 그 사이로 음산한 바람이 스며드는 이유에 대해 화자의 설명이 이어진다. 열녀로, 정문의 주인공인 소저는 "방 안"이라는 닫힌 공간에서 생활하였다. 그리고 삼강오륜이나 주송지훈 같은 유교 이데올로기를 본받아 왔다. 그런 소저에게 바깥세상과 바깥세상 사람들에 대해 이야기해준 것은 할멈이었다. 그들은 현실의 남자들이며 있는 그대로의 인간의 얼굴을 하고 있는 사람들이었다. 그 이야기를 들으며 소저는 인간의 본래적 욕구를 느끼었다. 결혼한 열아홉 살의 여성이 가지는 성욕은 인간의 당연한 본성이다. 그러나 신랑은 열네 살의 어린 남자였다. 그래서 소저가 자위를 한 것은 비난받을 일이 아니었다. 사회 현실이 인간성을 억압할 때 인간이 할 수 있는 최소한의 행위 중의 하나였다. 현실과 인간 본성이 충돌할 때 사회 현실의 틀에서 벗어날 수 없는 약자인 여성이 할 수 있는 지극히 개인적인 일도 유교적 봉건사회에서는 흉이 되었다.

소저는 소문이라는 지배 이데올로기의 횡포를 이겨낼 힘이 없는 약한 여성이었다. 여러 사람들의 비인간적인 억압을 극복하고자 소저가 한 행동은 병든 시어머니의 똥맛을 핥아보는 일이었다. 상분(嘗糞)이라는 이 행위는 단지(斷指)와 함께 병든 부모를 위해 정성을 다한 치유 행위로 인정하여 당대 사회가 특별히 가치를 부여하는 효행이었다. 그러나 그것은 두려움에서 벗어나려는 행동이었다. 적극적으로 지배 이데올로기에 충실하고 헌신하며 복종하고자 하는 행동을 보여줌으로써 곤경에서 벗어나고 싶었던 것이다. 인간으로 하기 힘든 행동을 선택한 것은 그가 받은 다중의 억압이 얼마나 컸는가를 보여준다. 시어머니를 향한 이런 행동을 보면서 비로소 지배계급은 이 여성을 새롭게 평가하고 효부라는 이데올로기를 확산시켜준다. 그러나 그런 행위 자체가 유교적 이념의 허상과 허위의식을 반영하는 것이다.

그런데 양반집 사람들이 바라던 생각과는 다르게 소저는 더이상 참지 못하고 목을 매어 자살하고 만다. 무엇을 참지 못하였다는 것일까. 성적 욕구를 참지 못한 것일까. 아니다. 봉건사회의 비인간성과 허위의식, 지배 이데올로기의 억압을 참지 못한 것이다. 그러나 더욱 비인간적인 것은 죽음조차도 왜곡하는 그들의 행태이다. "젊은 새댁이 독사에 물리려는 낭군을 구하려다 대신 죽었다는" 말을 퍼뜨린 것이다. 그렇게 해서 효부이면서 열녀인 소저의 정문이 생겨난 것이다. 가부장 중심사회의 씨족 이기주의가 죽음조차도 가문을 유지하는 데 유리하게 왜곡

시어풀이

- 염락(廉洛) : '濂洛'의 오기. 염락관민지학(濂洛關閩之學)에서 온 말. 중국 송나라 때에 주돈이, 정호, 정이, 장재, 주희 등이 주창한 성리학을 말한다. 주돈이가 염계(濂溪)사람이었고 정호와 정이가 낙양(洛陽)사람이어서 그들의 출신지명을 따서 붙인 이름이다.
- 울 : '울타리'의 준말.
- 소저 : '아가씨'를 한문 투로 이르는 말.
- 주송지훈(朱宋之訓) : 주나라 송자의 유교적 가르침.
- 과객 : 지나가는 나그네.
- 화적 : 떼를 지어 돌아다니는 강도.
- 초립동이 : 초립을 쓴 나이 어린 남자. 초립은 누른 빛깔의 매우 가는 풀로 결어 만든 갓. 풀갓.

하는 모습을 보면서 그것을 "슬픈 전설"이라고 부른 것이다. 소저의 죽음과 정문의 허상을 통해 오장환은 유교 지배 이데올로기라는 비인간적인 틀을 유지하기 위해 여성을 억압하고 죽음도 왜곡하는 봉건 질서의 허위와 거짓을 비판하고 있는 것이다.

해항도(海港圖)

폐선처럼 기울어진 고물상옥(古物商屋)에서는 늙은 선원이 추억을 매매하였다. 우중충한 가로수와 목이 굵은 당견(唐犬)이 있는 충충한 해항의 거리는 지저분한 크레용의 그림처럼, 끝이 무디고. 시꺼먼 바다에는 여러 바다를 거쳐온 화물선이 정박하였다.

값싼 반지요. 골통같이 굵다란 파잎. 바닷바람을 쏘여 얼굴이 검푸러진 늙은 선원은 곧잘 뱀을 놀린다. 한참 싸울 때에는 저 파잎으로도 무기를 삼아왔다. 그러게 모자를 쓰지 않는 항시(港市)의 청년은 늙은 선원을 요지경처럼 싸고두른다.

나폴리(Naples)와 아덴(ADEN)과 싱가포르(Singapore). 늙은 선원은 항해표와 같은 기억을 더듬어본다. 해항의 가지가지 백색, 청색 작은 신호와, 영사관, 조계(租界)의 갖가지 깃발을. 그리고 제 나라 말보다는 남의 나라 말에 능통하는 세관의 젊은 관리를. 바람에 날리는 흰 깃발처럼 Naples. ADEN. Singapore. 그 항구, 그 바의 계집은 이름조차 잊어버렸다.

망명한 귀족에 어울려 풍성한 도박. 컴컴한 골목 뒤에선 눈자위가 시퍼런 청인(清人)이 괴춤을 훔칫거리면 길 밖으로 달리어간다. 홍등녀의 교소(嬌笑), 간드러지기야. 생명수! 생명수! 과연 너는 아편을 가졌다. 항시의 청년들은 연기를 한숨처럼 품으며 억세인 손을 들어 타락을 스스로이 술처럼 마신다.

영양(榮養)이 생선가시처럼 달갑지 않은 해항의 밤이다. 늙은 이야! 너도 수부(水夫)이냐? 나도 선원이다. 자 한잔, 한잔, 배에 있으면 육지가 그립고, 뭍에선 바다가 그립다. 몹시도 컴컴하고 질척거리는 해항의 밤이다. 밤이다. 점점 깊은 숲 속에 올빼미의 눈처럼 광채가 생(生)하여 온다.

해항은 바닷가에 있는 항구다. 청나라 사람이 등장하고, 중국의 개항 도시에 있었던 외국인 거주 지역인 조계의 풍경이 나오고, 중국산 개 당견이 있는 것으로 보아 중국의 항구 도시와 관련이 있는 것으로 보인다.

시 속에서 말하는 이는 선원이다. 그 선원의 눈으로 보고 듣고 겪은 것 또는 생각한 것을 풀어나가는 방식으로 이야기가 전개되고 있다. 1연에서는 항구 도시의 거리 풍경을 보여준다. 거기서 고물상옥, 가로수, 당견, 거리, 바다, 정박해 있는 화물선 등을 본다. 그리고 거기서 만난 늙은 선원 이야기를 한다. 2연에서는 그 늙은 선원의 검푸른 얼굴, 파이프를 든 모습, 그를 싸고도는 청년에 대해 이야기한다. 3연은 늙은 선원에게 들은 이야기를 전하고 있다. 늙은 선원은 나폴리, 아덴, 싱가포르 같은 여러 도시를 돌아다녔다. 4연에서는 도박이나 아편이나 몸 파는 여자들이 등장하며 항구 도시의 타락한 모습을 보여주고 있다. 마지막 5연에서는 화자가 겪은 것과 생각한 것에 대해 이야기한다. 질척거리는 항구의 밤, 늙은 선원에게 하고 싶은 말, 항구의 음습하고 퇴폐적인 분위기에 젖어들다가 그 어둠 속에서 솟아나는 의식의 광채 한줄기를 보여준다.

항구는 육지의 끝에 있으면서 바다라는 새로운 세계를 향해 출발하는 장소에 자리 잡고 있다. 그런데 이 시의 배경이 된 항구는 새로운 문물이 들어오고, 근대로 이어주는 공간이 아니다. 아편이나 도박이나 매춘 같은 자본주의의 폐해에 물든 어두운 공간이며 타락의 장소다. 근대 문명의 부정적인 면에 젖어 질척거리는 도시다. 뱃사람들은 그런 근대의 항구 도시들을 떠돌며 늙어가고 있다.

화자는 늙은 선원의 모습에서 그걸 발견한다. 그러나 동시에 자신의 내면에 '나그네 의식' 곧 선원이라는 자의식 안에 자리잡은 '떠돌이 의식'이 있음을 은연중에 드러낸다. "배에 있으면 육지가 그립고, 뭍에선 바다가 그립다"고 말한다. 전형적인 자

🍎 시어풀이

- **우중충하다** : 색이나 빛이 밝지 않고 어둡다. 흐리고 칙칙하다.
- **당견** : 중국산 개의 일종.
- **충충하다** : 물이나 빛깔이 흐리고 침침하다.
- **해항** : 해안에 있는 항구. 외국 무역을 위한 항구.
- **골통** : 골통대. 담배통이 굵고 크며 길이가 짧은 담뱃대. 나무 따위를 깎거나 흙을 구워서 만듦.
- **파잎** : 파이프 pipe.
- **항시** : 항구 도시.
- **요지경** : 알쏭달쏭하고 복잡하여 이해할 수 없음을 비유하는 말.
- **조계** : 19세기 후반에, 중국의 개항 도시에 있었던 외국인의 거주 지역.
- **바** : bar. 서양식으로 차린 술집.
- **괴춤** : 고의춤의 준말. 바지의 허리 부분을 접어 여민 사이.
- **홍등녀** : 홍등은 붉은 등으로, 유곽(遊廓)이나 기생집 · 술집 등이 늘어선 거리를 상징하는 말인데 그런 곳에서 일하는 여자를 말한다.
- **교소** : 여인의 요염한 웃음.
- **수부** : 뱃사람. 배에서 허드렛일을 맡아 하는 하급 선원.

연주의 보헤미안의 발언이다. 한곳에 머물러 있기보다 어디론가 계속해서 떠나고 싶어 하는 '출발의 시정'을 지니고 있는 사람이다.

그러나 늙은 선원의 모습과 질척거리는 밤의 항구를 관찰하던 화자의 눈은 어둠 속에서 도리어 올빼미의 눈처럼 광채가 생긴다고 발언한다. 이런 광채는 화자가 타락한 항구 도시와 일정한 심리적 거리를 유지하고 있다는 걸 암시한다. 어둠 속에 있을 때 더 의식이 빛나는 시적 자아를 지니고 있다는 뜻이다.

어포(漁浦)

어포의 등대는 귀류(鬼類)의 불처럼 음습하였다. 어두운 밤이면 안개는 비처럼 내렸다. 불빛은 오히려 무서웁게 검은 등대를 튀겨놓는다. 구름에 지워지는 하현달도 한참 자욱한 안개에는 등대처럼 보였다. 돛폭이 충충한 박쥐의 나래처럼 펼쳐 있는 때, 돛폭이 어스름한 해적의 배처럼 어른거릴 때, 뜸 안에서는 고기를 많이 잡은 이나 적게 잡은 이나 함부로 투전을 뽑았다.

어포는 바닷가의 고기 잡는 포구다. 이 시는 안개에 덮인 바닷가 마을의 음습한 풍경을 아주 잘 묘사하고 있다. 화자는 밤에 바닷가 마을에 가서 여기저기를 둘러본다. 눈에 먼저 보인 것은 등대다. 그리고 안개와 불빛과 하현달이 보인다. 화자는 시야를 돌려 정박해 있는 배의 돛폭을 보고 뜸 안에서 투전을 하는 사람들을 본다. 그리고 눈에 보이는 풍경들을 차례대로 그리고 있다. 서경적 구조로 짜여 있는 이 시가 아름다운 건 시각적 대상을 묘사하는 빼어난 솜씨 때문이다. 안개에 쌓인 등대의 불빛을 귀류의 불, 즉 도깨비불처럼 음습하다고 표현했고, 그 안개를 비처럼 내리는 안개라고 묘사했다.

그런가 하면 등대에서 쏟아져 나오는 불빛을 "불빛은 오히려 무서웁게 검은 등대를 튀겨놓는다"고 아주 독특하게 표현한다. 지상에서 빛나는 등대와 대칭을 이루며 하늘에서 빛나는 하현

시어풀이

- 귀류의 불 : 도깨비불.
- 뜸 : 1) 띠나 부들 같은 것의 풀로 거적처럼 엮어 만든 물건. 비올 적에 물건을 덮거나 볕 가리는 데 씀. 2) 한 동네 안에서 따로따로 몇 집씩이 한데 모여 있는 구역.
- 나래 : 날개.
- 투전 : 돈치기. 두꺼운 종이로 작은 손가락 넓이만 하고 길이 다섯 치쯤 되게 만들어 그 위에 인물·조수(鳥獸)·충어(蟲魚)·문자·시구(詩句) 등을 그림으로 그려 끗수를 표시한 노름 제구의 하나.

달도 구름과 안개에 지워져 등대처럼 보인다고 하고 있으며 배의 돛폭을 충충한 박쥐의 나래가 펼쳐져 있는 것처럼 그리고 있다. 그 음습한 풍경이 배들을 해적의 배처럼 보인다고 생각하게 하고, 그런 배경 속에서 바닷가 사람들은 투전을 하고 있는 것이다. 전체적으로 어둡고 암울한 풍경화를 보고 있는 느낌을 준다.

매음부(賣淫婦)

　푸른 입술. 어리운 한숨. 음습한 방 안엔 술잔만 훤하였다. 질
척척한 풀섶과 같은 방 안이다. 현화식물(顯花植物)과 같은 계집
은 알 수 없는 웃음으로 제 마음도 속여온다. 항구, 항구, 들르
며 술과 계집을 찾아다니는 시꺼먼 얼굴. 윤락된 보헤미안의 절
망적인 심화(心火). ―퇴폐한 향연 속. 모두 다 오줌싸개 모양
비척거리며 얇게 떨었다. 괴로운 분노를 숨기어가며…… 젖가
슴이 이미 싸늘한 매음녀는 파충류처럼 포복한다.

매음부는 돈을 받고 아무 남자에게나 몸을 파는 여자다. 화자는 몸 파는 여자와 음습한 방, 비에 젖어 질척한 풀숲과 같은 방에서 술을 마시고 있다. 이 항구 저 항구를 떠돌아다니며 술과 여자를 찾아다니고 있다고 고백한다. 자신은 그렇게 윤리적으로 타락한 보헤미안이라고 말한다.

그런데 가슴은 절망적인 마음의 불로 타오르고 있다. 자신의 그런 모습을 "퇴폐한 향연"이라고 정의한다. 매음부는 푸른 입술에 한숨을 짓고 있다. 꽃을 피우는 식물 같은 여자로 묘사되고 있지만, 알 수 없는 웃음을 지으며 자신의 마음을 속이는 여자다. 둘은 오줌 싼 사람마냥 비척거리며 걸음을 제대로 걸을 수 없을 정도로 취해 있다. 그러다 가볍게 떨기도 한다. 아니 퇴폐한 향연을 벌이며 뜨거워지는 게 아니라 이미 젖가슴이 싸늘하게 식어 있다. 그러다 쓰러져 파충류처럼 기어가고 있다. 그들의 가슴 속에는 육체적 쾌락에 대한 탐닉이 들어 있는 게 아니라 "괴로운 분노"가 숨겨져 있다.

이런 모습은 자학적이기도 하지만 자연주의 보헤미안의 위악적인 몸짓이기도 하다. 식민지 주변부 자본주의의 부정적인 속성에 기대어 타락한 모습으로 살고 있는 자신에 대한 절망의 단면이 드러나 있는 점이 자학적이고, 현실에서 분노를 표출할 방법을 찾지 못한 채 방황하고 떠돌며 괴로움의 한가운데를 통과 해가고 있다는 점에서 위악적인 몸짓이라고 할 수 있다. 화자 자신과 매음부를 부정적인 시선으로 바라보는 것 같지만 그 안에는 지극한 연민이 들어 있다.

🍎 시어풀이

• 매음부 : 돈을 받고 아무 남자에게나 몸을 파는 여자. 매음녀.
• 현화식물 : 종자식물의 다른 이름 꽃식물 .
• 보헤미안 : 사회의 관습이나 규율 따위를 무시하고 방랑하면서 자유분방한 생활을 하는 시인 · 예술가 등.
• 향연 : 특별히 잘 베풀어 손님을 대접하는 잔치.

여수(旅愁)

여수에 잠겼을 때, 나에게는 죄그만 희망도 숨어버린다.
요령처럼 흔들리는 슬픈 마음이여!
요지경 속으로 나오는 좁은 세상에 이상스러운 세월들
나는 추억이 무성한 숲 속에 섰다.

요지경을 메고 다니는 늙은 장돌뱅이의 고달픈 주막꿈처럼
누덕누덕이 기워진 때묻은 추억,
신뢰할 만한 현실은 어디에 있느냐!
나는 시정배와 같이 현실을 모르며 아는 것처럼 믿고 있었다.

괴로운 행려 속 외로이 쉬일 때이면
달팽이 깍질듬에서 문 밖을 내다보는 얄미운 노스탤지어
너무나, 너무나, **뼈** 없는 마음으로
오ㅡ 늬는 무슨 두 **뿔따구**를 휘저어보는 것이냐!

여수란 고향을 떠나와 객지를 떠도는 동안 느끼는 쓸쓸한 마음이다. 그러니까 이 시는 객지에서 느끼는 쓸쓸한 마음을 노래하고 있는 시다. 지금 이 시에서 화자의 마음을 짐작하게 하는 시어들은 "슬픈 마음", "괴로운 행려", "외로이", "뼈 없는 마음"과 같은 말들이다. 슬프고, 괴롭고, 외롭고, 줏대 없다.

이유는 신뢰할 만한 현실을 찾지 못하기 때문이다. 신뢰할 만한 현실을 추구하고 있지만 만나지 못한 채 객지를 떠돌고 있는 것이다. 현실을 모르면서 아는 것처럼 믿고 살아온 것에 대한 자기반성을 하고 있다.

현실을 잘 모르는 채 화자는 자꾸 쓸쓸해하고 떠나온 고향을 그리워한다. 그러나 그럴 때마다 희망은 숨어버리고, 마음은 요령처럼 흔들리며 슬퍼진다. 화자는 지금도 "추억이 무성한 숲 속에 섰다" 고향은 돌아가고 싶은 곳이지만 좁은 세상이기도 하다. 고향에 대한 추억은 "늙은 장돌뱅이의 고달픈 주막꿈처럼 누덕누덕 기워진 때묻은 추억"이다. 풍요롭지 못하고 궁핍한 추억이다. 화자는 자기가 품고 있는 향수에 대해 "달팽이 깍질듬에서 문 밖을 내다보는 얄미운 노스탤지어"라고 말한다. 달팽이 깍질로 비유되는 좁은 시야, 편협한 시각으로 문밖의 세상을 내다보게 하는 향수가 얄미운 이유는 근대라는 현실을 극복하려는 의지를 방해하기 때문이다. 낡고 때 묻고 궁색한 공간인 고향을 떠난 것은 "신뢰할 만한 현실"을 찾기 위해서였다. 그 현실을 바탕으로 미래를 향한 전망을 찾고 싶었을 것이다. 그러나 그 여정에서 그는 아직도 새로운 현실을 만나지 못한 채 고달픈 모습으로 서 있는 것이다.

🍎 시어풀이

- 여수 : 객지에서 느끼는 쓸쓸한 마음.
- 요령 : 불가에서 법회를 행할 때 흔드는 작은 종 모양의 법구.
- 요지경 : 확대경을 장치하고 그 속의 여러 가지 그림을 돌리면서 구경하는 장난감.
- 장돌뱅이 : 각처의 장으로 돌아다니면서 물건을 파는 장수.
- 시정배 : 시정의 장사치. 시정은 인가가 많이 모인 곳.
- 행려 : 나그네가 되어 다님. 또는 그 나그네.
- 노스탤지어 : 고향이나 지난 시절을 그리는 마음. 향수.
- 뿔따구 : 달팽이의 더듬이.

종가(宗家)

돌담으로 튼튼히 가려놓은 집 안엔 검은 기와집 종가가 살고
있었다. 충충한 울 속에서 거미알 터지듯 흩어져 나가는 이 집
의 지손(支孫)들. 모두 다 싸우고 찢고 헤어져 나가도 오래인 동
안 이 집의 광영을 지키어주는 신주(神主)들 들은 대머리에 곰
팡이가 나도록 알리어지지는 않아도 종가에서는 무기처럼 아
끼며 제삿날이면 갑자기 높아 제상 위에 날름히 올라앉는다. 큰
집에는 큰아들의 식구만 살고 있어도 제삿날이면 제사를 지내
러 오는 사람들 오조할머니와 아들 며느리 손자 손주며느리 칠
촌도 팔촌도 한데 얼리어 닝닝거린다. 시집갔다 쫓겨온 작은딸
과부가 되어온 큰고모 손꾸락을 빨며 구경하는 이종언니 이종
오빠. 한참 쩡쩡 울리던 옛날에는 오조할머니 집에서 동원 뒷밥
을 먹어왔다고 오조할머니 시아버니도 남편도 동네 백성들을
곧잘 잡아들여다 모말굴림도 시키고 주릿대를 앵기었다고. 지
금도 종가 뒤란에는 중복사나무 밑에서 대구리가 빤들빤들한
달걀귀신이 융융거린다는 마을의 풍설. 종가에 사는 사람들은
아무 일을 안 해도 지내왔었고 대대손손이 아무런 재주도 물리
어받지는 못하여 종갓집 영감님은 근시안경을 쓰고 눈을 찝찝

거리며 먹을 궁리를 한다고 작인들에게 고리대금을 하여 살아
나간다.

「종가」는 오장환이 첫 시집의 제목으로 삼
으려고 했을 정도로 중요하게 생각했던 시
다. 종가는 한 문중에서 맏이로만 이어온 집
안이다. 그들은 장자상속이라는 종법적 가족제도의 우대와 특
혜를 받는다. 자손들이 돌아가면서 제사를 모시는 풍속도 사라
지고 장자가 조상 제사를 독점하면서 재산상속에서도 장자를
우대하게 된다. 유교 이념에 입각한 이러한 종법원리는 자연히
종갓집을 중심으로 한 집성촌(集姓村)의 형태로 촌락을 형성했
다.

오장환의 시 「종가」는 이런 유교적 권위를 집약해서 보여주
는 종갓집의 제사 지내는 날을 시공간적 배경으로 한다.

그러나 종가가 자리 잡은 공간에 튼튼히 가려진 돌담은 권위
있는 모습으로 보이지 않는다. 폐쇄적인 공간으로 비칠 뿐이다.
돌담 안의 검은 기와집 역시 어두운 이미지로 다가온다. 대가족
제도가 잘 유지되면서 종가의 권위를 아래로부터 받쳐주는 것
이 아니라 대립하고 싸우고 분열되어 있다. "거미알 터지듯 흩어
져 나가는 이 집의 지손들"이 "모두 다 싸우고 찢고 헤어져 나
가"버렸다. 유교적 종법원리의 상징이며 이 공간 안에서 최고의
존중과 존경을 받아야 하는 '신주(神主)'는 이 날 희화화되었다.
제사도 어수선하기 이를 데 없다. "오조할머니와 아들 며느리
손자 손주며느리 칠촌도 팔촌도 한데 얼리어 닝닝거린다" 닝닝

거린다는 말 속에 어지럽게 몰려다니며 떠드는 분위기가 내포되어 있다. 그들 중에는 "시집갔다 쫓겨온 작은딸 과부가 되어 온 큰고모 손꾸락을 빨며 구경하는 이종언니 이종오빠"가 있다. 봉건적 지배질서에 잘 적응하지 못하고 쫓겨나오거나 피해를 입은 채 어렵게 살아가는 이들이다. 그들은 당대 사회의 주체가 아니라 주변인이며 구경꾼들이다. 장자 중심, 남성 중심의 가부장제 사회를 유지하기 위해 지배 이데올로기에 순응하며 사는 동안 자기 집안의 여자와 어린이들이 피해자가 되어 있다.

과거에 그들의 권위는 동네 백성들을 학대하면서 유지되었다. "오조할머니 시아버지도 남편도 동네 백성들을 곧잘 잡아들여다 모말굴림도 시키고 주릿대를 앵기었다고" 한다. 모말의 아가리 위에서 무릎을 꿇려 무릎이 그 안에 끼이면서 고통을 당하게 하던 '모말꿇림'이나 주릿대로 주리를 트는 형벌을 양반이라는 이름으로 마구 행하던 그들도 이제는 흉가가 되어가는 종갓집의 모습처럼 권위를 잃었다. 그런 봉건적 권위는 이제 마을 사람들로부터 "달걀귀신이 융융거린다는" 풍설이 돌게 한다. 퇴락할 대로 퇴락한 것이다.

종가나 신주에서 나오지 않는 권위를 혼자 붙들고 있는 종갓집 영감님은 일도 하지 않고 아무런 재주도 물려받지 못한 채 소작인들을 대상으로 고리대금업을 하며 살아간다. 외형적으로는 봉건적 권위를 이어받은 듯해도 현실에서는 초라하고 무능

력한 소인배로 살아가고 있다.

오장환은 이 시를 통해 퇴락하고 피폐해진 종가의 모습과 봉
건적 위세를 잃고 소인배로 살아가는 무능력한 종갓집 영감의
모습을 사실적으로 보여준다. 반봉건의식의 눈으로 무너진 봉
건질서의 내부를 들여다보고 있는 것이다.

🍎 시어풀이
• 충충하다 : 물이나 빛깔이 맑지 못하고 흐리다.
• 신주 : 죽은 사람의 위패.
• 지손 : 종파에서 갈라져 나온 지파의 자손. 종손의 반대말.
• 오조할머니 : 외조(外祖)할머니. 외할머니.
• 닝닝거린다 : 어지럽게 떠든다.
• 모말굴림 : 예전에 네모가 반듯한 모말의 아가리 위에서 무릎을 꿇려 무릎이 그 안에
  끼이면서 고통을 당하게 하던 형벌 '모말꿇림.'
• 주릿대 : 주리를 트는 데에 쓰는 두 개의 붉은 막대. 주릿대를 안긴다는 말은 모진 벌
  을 준다는 뜻.

싸느란 화단(花壇)

싸느란 제단(祭壇)이로다

젖은 풀잎이로다

해가 천명(天明)에 다다랐을 때

뉘 회한의 한숨을 들이키느뇨

짐승들의 울음이로라

잠결에서야

저도 모르게 느끼는 울음이로라

반추하는 위장과 같이

질긴 풍습이 있어

내 이 한밤을 잠들지 못하였노라

석유불을 마시라

등잔 아울러 삼켜버리라

미사 종소리

보슬비 모양 흐트러진다

죄그만 어둠을 터는 수탉의 날개
싸느란 제단이로다
기온이 얕은 풀섶이로다

언제나 쇠창살 밖으론
떠가는 구름이 있어
야수(野獸)들의 회상과 함께 자유롭도다

이 시는 격정적인 심정을 감추고 갇혀 지내야 하는 자아의 내면세계를 그리고 있는 시다. 화자는 꽃밭 즉 화단을 제사나 미사를 드리는 제단이라고 여긴다. 그것도 "싸느란 제단"이라고 말한다. 풀잎도 젖어 있는 모습이 눈에 들어온다. 화자 자신의 마음도 젖어 있을 것이다. 동이 트고 해가 떠올라 하늘이 밝을 무렵인데 누군가 뉘우치고 한탄하며 한숨을 들이키고 있다.

겉으로는 회한의 한숨을 들이키지만 내면은 훨씬 더 격정적이다. 격정적인 내면을 비유하는 표현이 여러 곳에서 나타난다. 첫 번째가 짐승들의 울음이다. 잠을 자면서도 자기도 모르게 흐느껴 우는 울음이다. 두 번째는 석유 불을 마시고 등잔도 삼켜버릴 것 같은 심정이다. 어둠과 밝음의 사이에서 괴로워하는 자아의 격정적인 모습이 이렇게 나타나 있다. 세 번째는 길들여지지 않은 사나운 짐승 즉 야수들의 회상이다. 그 내면의 야수는

🍎 시어풀이

• 화단 : 꽃밭.
• 제단 : 제사를 지내는 단. 성당에서 미사를 드리는 단.
• 천명 : 날이 밝을 무렵. 동틀 무렵.
• 회한 : 뉘우치고 한탄함.
• 반추 : 소나 양 따위가 먹은 것을 되내어 씹는 짓. 새김질. 되새김. 어떤 일을 되풀이하여 음미하고 생각함.
• 야수 : 산이나 들에서 자라 사람에게 길들지 않은 사나운 짐승.

쇠창살 안에 갇혀 있다. 쇠창살 안에 갇혀서 떠가는 구름을 본다. 구름처럼 자유로워지고 싶어한다.

다만 그런 격정적인 내면을 보슬비처럼 흩어지는 미사 종소리가 덮고 있다. 성당의 미사 시간을 알리는 아침 종소리가 울려 퍼지는 것을 들으며 내면의 격정을 다스리고 있고 그렇게 다스려지고 있는 마음이 자유롭게 떠가는 구름을 올려다보게 한다.

월향구천곡(月香九天曲)

슬픈 이야기

　오랑주 껍질을 벗기면
손을 적신다.
향내가 난다.

　점잖은 사람 여러이 보이인 중에 여럿은 웃고 떠드나
기녀(妓女)는 호올로
옛 사나이와 흡사한 모습을 찾고 있었다.

　점잖은 손들의 전하여 오는 풍습엔
계집의 손목을 만져주는 것,
기녀는 푸른 얼굴 근심이 가득하도다.
하얗게 훈기는 냄새
분 냄새를 지니었도다.

　옛이야기 모양 거짓말을 잘하는 계집
너는 사슴처럼 차디찬 슬픔을 지니었고나.

111

2부　황혼

한나절 태극선 부치며
슬픈 노래, 너는 부른다
좁은 버선 맵시 단정히 앉아
무던히도 총총한 하루하루
옛 기억의 엷은 입술엔
포도물이 젖어 있고나.

　물고기와 같은 입 하고
슬픈 노래, 너는 조용히 웃도다.

　화려한 옷깃으로도
쓸쓸한 마음은 가릴 수 없어
스란치마 땅에 끄을며 조심조심 춤을 추도다.

　순백하다는 소녀의 날이여!
그렇지만
너는 매운 회초리, 허기 찬 금식(禁食)의 날
오― 끌리어왔다.

　슬픈 교육, 외로운 허영심이여!
첫 사람의 모습을 모듬 속에 찾으려 헤매는 것은

벌써 첫 사람은 아니라
잃어진 옛날로의 조각진 꿈길이니
바싹 마른 종아리로
시들은 화심(花心)에
너는 향료를 물들이도다.

　　슬픈 사람의 슬픈 옛일이여!
값진 패물로도
구차한 제 마음에 복수는 할 바이 없고
다 먹은 과일처럼 이 틈에 끼여
꺼칫거리는 옛사랑
오—방탕한 귀공자!
기녀는 조심조심 노래하도다. 춤을 추도다.

　　졸리운 양, 춤추는 여자야!
세상은
몸에 이익하지도 않고
가미(加味)를 모르는 한약처럼 쓰고 틉틉하고나.

이 시는 화자를 포함한 남자 여럿이 기방에 술 마시러 갔다가 기녀를 보고 쓴 시다. 화자는 기녀가 옛날 자기가 좋아했던 사나이와 흡사한 모습을 찾고 있는 것 같다는 생각을 한다. 기녀를 보고 느낀 것을 드러낸 부분은 여러 곳에 표현되어 있다. "푸른 얼굴 근심이 가득 하도다", "사슴처럼 차디찬 슬픔을 지니었고나", "화려한 옷깃으로도 쓸쓸한 마음은 가릴 수 없어", "슬픈 교육, 외로운 허영심이여", "시들은 화심", "다 먹은 과일처럼 이 틈에 끼여/꺼칫거리는 옛사랑" 등이 그러하다.

기녀의 외모를 묘사한 부분도 많다. 얼굴을 보고 "푸른 얼굴 근심이 가득"하다고 했다. "엷은 입술엔/포도물이 젖어" 있고, 입은 "물고기와 같은 입"이라고 묘사한다. 가까이 있었는지 "하얗게 훈기는 냄새/분냄새" 즉 화장품 냄새를 맡는다. 태극선을 부치고 있고, "좁은 버선"을 신고 맵시 단정히 앉아 있다. "화려한 옷"을 입었고, "스란치마 땅에 끄을며 조심조심 춤을" 춘다. 세세하게 관찰하고 있다는 것을 알 수 있다.

외모에서 보이는 화려함, 단정함과 다르게 화자는 기녀의 마음이 근심 가득하고 슬프고 쓸쓸한 느낌을 받게 한다고 말한다. '슬프다'는 어휘가 여섯 번이나 등장한다. 부제 "슬픈 이야기"까지 합하면 일곱 번이다. 기녀를 보고 수없이 슬픔을 느꼈다는 말이다. 결국 그 이야기를 하고 있는 것이라고도 할 수 있는데 약간 감상적인 시각으로 기녀를 보고 있는 것이기도 하다.

"점잖은 손들의 전하여 오는 풍습엔/계집의 손목을 만져주는 것" 같은 표현 속에는 남성 중심의 술 문화를 당연한 것으로 생각하는 상류사회 남자들의 속물적인 모습이 비판 없이 담겨 있기도 하다. 기방을 출입하는 인텔리젠차의 손을 점잖은 손이라고 한 것도 그런 비판을 받을 개연성이 있다. 동시에 그런 남성들의 속물적인 기방문화를 은연중에 비판하고 있는 것이라는 해석도 가능하다. 전체적으로 보면 주인공인 기녀를 연민의 눈으로 보고 있기 때문이다.

"너는 매운 회초리, 허기 찬 금식의 날/오— 끌리어왔다"는 표현이 그 증거라 할 수 있다. 오렌지와 포도 같이 당시로서는 귀한 과일이 차려져 있고, 남자들 앞에서 노래하고 춤을 추는 동안 배는 고프지만 먹을 수 없는 모순의 날이라는 것을 "허기 찬 금식의 날"이라고 표현했을 것이다. 그리고 기녀는 어찌할 수 없는 운명 때문에 끌리어왔다고 생각된다. 그래서 자꾸 슬픈 눈으로 그녀를 바라보게 되고 기녀가 화자에게 "매운 회초리"로 다가온다고 느끼는 것이다.

화자의 눈으로 기녀를 바라보는 시선과 기녀의 눈으로 남자들을 바라보는 시선이 교차하는 방식으로 표현되는 이 시는 기녀의 근심이 "다 먹은 과일처럼 이 틈에 끼여/꺼칫거리는 옛사랑" 때문에 생긴 것일지 모른다고 말하고 있다. 이 틈에 끼여 자

꾸 걸리는 과일 찌꺼기처럼 거추장스럽게 남아 있는 방탕한 귀
공자와의 사랑을 버리지 못한 채 슬픈 옛일에 매어 있다고 생각
한다.

그런 마음을 벗지 못한 채 조심조심 노래하며 추는 춤은 마음
에서 우러나는 춤이 아니라 억지로 추는 춤임을 "졸리운 양, 춤
추는 여자야"라는 말 속에 담아 전하고 있다. 그녀에게 세상은
결국 "몸에 이익하지도 않고/가미를 모르는 한약처럼 쓰고 틉
틉"할 뿐인 것이다. 세상은 몸에 이익이 되지도 않고, 덜 쓰게
넣는 약재를 가미하지 않은 한약처럼 입맛이 쓰고 텁텁하게 느
껴질 뿐이다. 이 말 속에는 술자리에서 기녀를 보고 난 뒤에 삶
과 세상에 대한 화자의 생각 역시 쓰고 텁텁했다는 것이리라.
이 시의 제목에 나오는 월향은 기녀의 기명이 아닐까 생각한다.

🍎 시어풀이

- 오랑주 : 오렌지 orange.
- 훈기다 : 김, 연기, 냄새 따위가 퍼져 영향을 미치다.
- 분 : 얼굴에 바르는, 흰 가루로 된 화장품.
- 태극선 : 태극 모양을 그린 둥근 부채.
- 총총 : 급하고 바쁜 모양.
- 스란치마 : 폭이 넓고 입으면 발이 보이지 않는 긴 치마.
- 화심 : 미인의 아름다운 마음의 비유.
- 향료 : 향을 내는 물건.
- 꺼칫거리다 : 살갗 따위에 자꾸 닿아 걸리다.
- 가미 : 원 약방문에 다른 약재를 더 넣음.
- 틉틉하다 : 텁텁하다. 입맛이나 음식 맛이 시원하거나 깨끗하지 못하다.

황혼(黃昏)

직업소개에는 실업자들이 일터와 같이 출근하였다. 아무 일도 안 하면 일할 때보다는 야위어진다. 검푸른 황혼은 언덕 알로 깔리어오고 가로수와 절망과 같은 나의 긴 그림자는 군집(群集)의 대하(大河)에 짓밟히었다.

바보와 같이 거무러지는 하늘을 보며 나는 나의 키보다 얕은 가로수에 기대어 섰다. 병든 나에게도 고향은 있다. 근육이 풀릴 때 향수는 실마리처럼 풀려나온다. 나는 젊음의 자랑과 희망을, 나의 무거운 절망의 그림자와 함께, 뭇사람의 웃음과 발길에 채이고 밟히며 스미어오는 황혼에 맡겨버린다.

제 집을 향하는 많은 군중들은 시끄러이 떠들며, 부산히 어둠 속으로 흩어져버리고, 나는 공복의 가는 눈을 떠, 희미한 노등(路燈)을 본다. 띄엄띄엄 서 있는 포도(鋪道) 위에 잎새 없는 가로수도 나와 같이 공허하고나.

고향이여! 황혼의 저자에서 나는 아리따운 너의 기억을 찾아

나의 마음을 전서구(傳書鳩)와 같이 날려보낸다. 정든 고살. 썩은 울타리. 늙은 아베의 하얀 상투에는 몇 나절의 때묻은 회상이 맺혀 있는가. 우거진 송림 속으로 곱게 보이는 고향이여! 병든 학이었다. 너는 날마다 야위어가는……

　어디를 가도 사람보다 일 잘하는 기계는 나날이 늘어나 가고, 나는 병든 사나이. 야윈 손을 들어 오랫동안 타태(惰怠)와, 무기력을 극진히 어루만졌다. 어두워지는 황혼 속에서, 아무도 보는 이 없는, 보이지 않는 황혼 속에서, 나는 힘없는 분노와 절망을 묻어버린다.

이 시의 화자는 고향을 떠나 도시로 온 실
업자이다. 그는 직업소개소를 찾아갔지만 물
줄기처럼 늘어 서 있는 실업자의 무리를 만
난다. 화자는 병든 사나이다. 그리고 하루 종일 굶었다. "공복
의 가는 눈"이란 말이 그걸 짐작하게 한다. 식민지 지배를 당하
면서도 자본주의는 성장하고 기계는 늘어나지만 게으름과 무
기력함을 벗어나지 못하고 있다. 그리고 병들어 야윈 손을 가진
모습으로 살고 있다. 그런 화자는 지금 황혼을 배경으로 서 있
다.

도시에서 살아가는 고단한 생활, 일자리를 찾아 실업자의 무
리 속에 섞여 짓밟히는 생활의 자괴감과 절망을 주체하기 힘들
때 마음은 고향으로 향한다. 마음이 고향으로 향할 때는 근육이
풀릴 때다. 노동의 근육, 노동의 긴장이 풀릴 때 마음은 고향
으로 향한다. 황혼이 질 때 마음은 고향을 향해 비둘기처럼 날
아간다. 해가 저물고 황혼이 질 무렵은 본래 귀소본능을 불러일
으키는 시간이다. 돌아가야 할 곳을 생각하게 하는 시간이다.
이때 고향은 지친 몸을 쉬게 해줄 안식처로 떠오른다.

그러나 화자에게 고향은 정든 풍경과 병든 모습을 동시에 지
니고 있는 곳이다. 정든 고샅길과 썩은 울타리를 함께 가지고
있는 곳이다. "우거진 송림 속으로 곱게 보이는 고향"이지만 동
시에 '날마다 야위어가는 병든 학'과 같은 곳이기도 하다. 정든

풍경, 고운 풍경의 공간이면서 동시에 현실적으로는 식민지 지배와 착취로 병들고 쇠잔해져 가고 있는 곳이다. 도시에서 살고 있는 화자도 병이 들었고 고향에서 살고 있는 아버지도 점점 늙고 기력이 다해간다. 그래서 황혼 속에서 "힘없는 분노와 절망을 묻어" 버리고 마는 것이다.

이 시에서 황혼은 기우는 해만을 의미하지 않는다. 기울어가는 한 시대, 기울어가는 젊음을 의미한다. 기울어져 무거운 절망의 그림자와 함께 묻혀버리는 희망, 묻혀버리는 분노를 안고 있는 황혼이다.

이 시의 화자가 살고 있는 도시는 근대화가 진행되고 있는 중이다. "나의 키보다 얕은 가로수"가 심겨져 있는 것으로 보아 새로 길을 닦고 그 옆에 작은 가로수를 심은 걸 알 수 있다. 이

🍎 시어풀이
• 군집 : 사람이나 동물 등이 떼 지어 한곳에 모임.
* 대하 : 큰 강.
* 거물다 : 조금 검다. 거무스름하다.
* 노등 : 밤에 길을 밝히기 위해 달아 놓은 등. 가로등.
* 포도 : 포장한 길.
* 저자 : 시장에서 물건을 파는 가게.
* 전서구 : 통신에 이용하는 훈련된 비둘기.
* 고샅 : 촌락의 좁은 골목길. 고샅길.
* 송림 : 솔숲.
* 타태 : 게으르고 느리다.

키 작은 가로수, "잎이 없는 가로수"와 대비가 되는 것이 고향의 "우거진 송림"이다.

우거진 소나무 숲과 정든 고샅길만 보면 눈에 보이는 풍경은 아직도 정든 고향이다. 그러나 고향에는 상투가 하얀 늙은 아버지처럼 기력이 쇠한 사람들만 남아 있다. 고향을 떠나와 도시의 근대인으로 편입되지 못하고 고향을 그리워하지만 고향은 피폐해지고 무기력한 모습뿐이다. 도시는 기계화, 산업화되면서 젊은이들을 불러들이지만 대량 실업과 절망과 공허로 그들을 맞이하고 농촌은 병들어 있는 식민지 현실의 모습을 「황혼」은 아주 잘 형상화하고 있다.

고전(古典)

　전당포에 고물상이 지저분하게 늘어선 골목에는 가로등도
켜지는 않았다. 죄금 높다란 포도(鋪道)도 깔리우지는 않았다.
죄금 말쑥한 집과 죄금 허름한 집은 모조리 충충하여서 바짝바
짝 친밀하게는 늘어서 있다. 구멍 뚫린 속내의를 팔러 온 사람,
구멍 뚫린 속내의를 사러 온 사람. 충충한 길목으로는 검은 망
토를 두른 주정꾼이 비틀거리고, 인력거 위에선 차(車)와 함께
이미 하반신이 썩어가는 기녀들이 비단 내음새를 풍기어가며
가늘은 어깨를 흔들거렸다.

이 시는 골목 풍경을 보고 쓴 시다. 화자의 눈에 보이는 골목에는 전당포가 있고 고물상이 지저분하게 늘어서 있다. 켜지지 않는 가로등도 있고, 포장되지 않은 도로가 있다. 조금 말쑥하게 지은 집과 허름한 집들이 있는데 모조리 충충하다. 충충하다는 건 빛깔이 흐리고 침침하다는 말이다.

그런 골목에 구멍 뚫린 속내의를 팔러온 사람과 그걸 사러 온 사람이 있다. 남루하게 사는 사람들이다. 그리고 검은 망토를 두른 지식인이 술 취해 비틀거린다. 그렇게 방황 혹은 방탕한 지식인과 일행인 것으로 보이는 기녀들이 인력거 위에 있다. 그 기녀들은 비단 옷을 입었지만 이미 병이 들어 하반신이 썩어가는 여자들이다. 겉은 화려해 보이지만 몸은 병들어 있다. 그러면서 가는 어깨를 흔들거리고 있다. 몸이 여위어서 흔들거리는 것일 수도 있고 울고 있다는 암시일 수도 있다.

충충한 골목의 풍경과 낡고 남루하고 썩어가는 삶의 단면을 보여주는 이 시의 제목은 「고전」이다. 본래 고전은 오랜 역사 속에서 점증된 정신 유산의 대표작을 말하는데, 낡고 오래되어

🍎 시어풀이
• 망토 : 소매가 없이 어깨에서부터 내리 걸치는 외투의 한 가지. manteau.

현대적이지 못한 상태를 뜻하기도 한다. 여기서는 후자의 의미
로 쓰고 있는 것으로 보인다.

독초(毒草)

썩어 문드러진 나무뿌리에서는 버섯들이 생겨난다. 썩은 나무뿌리의 냄새는 훗훗한 땅속에 묻히어 붉은 흙을 거멓게 살지워 놓는다. 버섯은 밤내어 이상한 빛깔을 내었다. 어두운 밤을 독한 색채는 성좌를 향하여 쏘아오른다. 혼란한 삿갓을 뒤집어 쓴 가냘픈 버섯은 한자리에 무성히 솟아올라서 사념을 모르는 들쥐의 식욕을 쏘을게 한다. 진한 병균의 독기를 빨아들이어 자줏빛 빳빳하게 싸늘해지는 소동물들의 인광! 밤내어 밤내어 안개가 끼이고 찬이슬 내려올 때면, 독한 풀에서는 요기의 광채가 피직, 피직 다 타버리려는 기름불처럼 튀어나오고. 어둠 속에 시신만이 겅충 서 있는 썩은 나무는 이상한 내음새를 몹시는 풍기며, 딱다구리는, 딱다구리는, 불길한 까마귀처럼 밤눈을 밝혀 가지고 병든 나무의 뇌수를 쪼웃고 있다. 쪼우고 있다.

이 시에서 말하는 독초는 썩은 나무뿌리에서 생겨나는 독버섯이다. 혼란한 삿갓을 쓴 것 같은 모양의 버섯은 무성히 솟아올라 들쥐의 식욕을 자극한다. 생각 없는 들쥐는 그걸 먹고 그 안에 있는 진한 병균의 독기 때문에 죽는다. 그렇게 죽은 작은 동물들의 뼈에서 밤에 나오는 도깨비불, 이른바 인광은 요사스러운 광채를 뿜어낸다.

여기까지만 해도 음산한 분위기를 느끼게 하는데 시신처럼 서 있는 이 썩은 나무 위에서 딱따구리가 나무의 한가운데를 쪼고 있다. 그 안에 둥지를 틀고 살기 위해 밤에도 나무를 쪼는데 그로 인해 나무가 무너질 것 같은 예감이 든다. '불길한' 이란 시어가 그걸 알려준다.

썩은 나무뿌리를 가진 병든 나무는 썩어서 무너지는 식민지 치하의 봉건사회 체제를 상징한다고도 볼 수 있다. 거기서 자라는 독버섯은 썩어문드러진 생존 조건에 기생하는 인간들을 의미한다고 해석할 수 있고, 들쥐는 먹이사슬로 연관된 다른 속물들을 의미한다고 생각할 수 있다.

그들은 독버섯처럼 해를 끼치며 살다가 스러지는 속물들이다. 작은 동물들의 인광에서 발견하는 것도 그런 속물들의 살인적인 외면이다. 이 시의 전체적인 분위기는 음산하고 어둡다. 시간적 배경으로 설정한 것이 어두운 밤이라서 더욱 그렇지만

"독한 색채", "혼란한 삿갓", "진한 병균의 독기", "빳빳하게 싸늘해지는 소동물들의 인광", "독한 풀", "요기의 광채", "이상한 내음새", "불길한 까마귀", "병든 나무의 뇌수" 이런 시어들로 가득하다. 어둡고 음침하며 병적이고 불길한 이런 부정적인 이미지들은 진보적인 것보다는 보수적인 것, 봉건적인 것을 향해 있는 것으로 보인다.

🍎 **시어풀이**

- **훗훗하다** : 약간 갑갑할 정도로 훈훈하게 덥다.
- **밤내어** : 온 밤 동안 계속하여.
- **성좌** : 별자리.
- **인광** : 황린이 어두운 곳에서 나타내는 청백색의 약한 빛.
- **요기** : 요사스러운 기운.
- **뇌수** : 뇌.

경(鯨)

　점잖은 고래는 섬 모양 해상에 떠서 한나절 분수를 품는다.
허식(虛飾)한 신사, 풍류로운 시인이여! 고래는 분수를 중단할
때마다 어족들을 입 안에 요리하였다.

이 시는 겉으로 보면 섬처럼 바다 위에 떠서 한나절 분수를 뿜어내며 호흡하는 고래를 보고 쓴 시다. 그리고 고래는 물을 뿜어내고 나면 입 안에 있는 물고기들을 즐기며 먹는다.

그런데 시 가운데 "허식한 신사, 풍류로운 시인이여"라는 말이 들어 있다. 고래에게서 신사와 시인의 모습을 떠올린 것이다. 고래는 강자고 어족들은 약자다. 강자는 권력을 가진 자고 지배하는 자다. 약자는 빼앗기고 짓밟히는 자다. 고래가 풍류를 즐기는 동안에도 물고기들은 잡혀 먹히고 죽어간다.

외면적으로는 여유 있는 모습으로 풍류를 즐기는 것 같지만 내면적으로는 약자인 무수한 어류들을 먹어치우는 게 고래의 속성이다. 한가하게 풍류를 즐기는 신사의 모습과 시인의 겉치레에서 강자의 허식을 본 것이다. 그런 가식적인 삶을 고래에 빗대어 비판하고 있는 것이다.

🍎 시어풀이
• 허식 : 실속은 없이 겉만 꾸밈. 겉치레.
• 풍류 : 속된 일을 떠나 풍치가 있고 멋스럽게 노는 일.
• 어족 : 물고기의 무리. 어류.

화원(花園)

　꽃밭은 번창하였다. 날로 날로 거미집들은 술막처럼 번지었
다. 꽃밭을 허황하게 만드는 문명. 거미줄을 새어나가는 향그러
운 바람결. 바람결은 머리카락처럼 간지러워…… 부끄럼을 갓
배운 시악시는 젖퉁이가 능금처럼 익는다. 줄기째 긁어먹는 뭉
툭한 버러지. 유행치마 가음처럼 어른거리는 나비 나래. 가벼이
꽃포기 속에 묻히는 참벌이. 참벌이들. 닝닝거리는 울음. 꽃밭
에서는 끊일 사이 없는 교통사고가 생기어났다.

이 시는 꽃밭의 아름다움을 노래한 시다. 문명과 자연의 대비를 통해 자연의 아름다움을 드러내고 있다. 화자는 화원 즉 꽃밭에서 무엇을 보고 있을까? 꽃밭, 거미집, 바람결, 색시, 벌레, 나비, 참벌 등을 본다. 그리고 화자의 눈으로 본 그것들을 아름답게 묘사하고 있다.

'술막처럼 번지는 거미집', '머리카락처럼 간지러운 바람결', '젖통이가 능금처럼 익는 시악시', "유행치마 가음처럼 어른거리는 나비 나래" 이런 표현들로 이어진다. 모두가 직유에 의해 아름답게 묘사하고 있는 표현들이다.

이런 것들이 어지럽고 현란하게 공존하고 있으며, 온갖 것들이 충돌하며 "끊일 사이 없는 교통사고"를 만들어 낸다. 아름답고 즐거운 사고이리라.

이 시의 화원은 생명력 넘치는 꽃밭이다. 이 생명력 넘치는

🍎 시어풀이

• 술막 : 시골 길가에서 술과 밥을 팔고 나그네를 치는 집. 주막집.
• 시악시 : 색시. 시집 안 간 처녀.
• 젖통이 : 젖통을 작게 표현한 말.
• 능금 : 봄에 흰 꽃이 피고, 여름에 열매가 익는데 사과보다 작고 맛이 덜함.
• 가음 : 감. 옷감. 물건의 재료 또는 바탕이 되는 사물.
• 나래 : 날개.
• 참벌 : 꿀벌.
• 닝닝거리다 : 잉잉거리다. 날벌레 따위가 잇따라 날아가는 소리.

꽃밭에 시악시가 서 있다. 시악시는 색시, 즉 시집 안 간 처녀다. 어리고 순박하고 지순한 이미지의 처녀다. 그러면서도 풍요로운 육체를 지녔다. "젖퉁이가 능금처럼 익는다"고 표현하고 있다. 젖퉁이보다 작은 말인 젖퉁이라고 표현한 것은 아직 어리고 순수하면서도 능금처럼 예쁜 몸을 지녔다는 뜻이다. 그 색시는 유행하는 치마, 나비 날개처럼 아름다운 옷감으로 만든 치마를 입고 있다. 화자의 눈을 통해 보고 있는 이 여자는 시인이 이상적으로 생각하는 여성상이 아닐까 생각한다.

병실(病室)

양어장 속에서 갓 들어온 금붕어
어항이 무척은 신기한 모양이구나.

병상의 검온계는
오늘도 39도를 오르내리고
느릿느릿한 맥박과 같이
유리항아리로 피어오르는 물방울
금붕어는 아득한 꿈길을 모조리 먹어버린다.

먼지에 끄을은 초상과 마주 대하여
그림자를 잃은 청자의 화병이 하나
오늘도 시든 카네이션의 꽃다발을 뱉어버렸다.

유현(幽玄)한 꽃향기를 입에 물고도
충충한 먼지와 회색의 기억밖에는
이그러지고도 파리한 얼굴.

금붕어는 지금도 어느 꿈길을 따르는가요

책갈피에는 청춘이 접히어 있고

창 밖으론 포도알들이 한데 몰리어 파르르 떱니다.

화자는 지금 병원에 입원해 있다. 체온이 39도를 오르내릴 정도로 고열에 시달리며 병들어 누워 있다. 그 병실에서 어항 속에 있는 금붕어와 시든 카네이션 꽃이 들어 있는 청자 화병을 본다.

양어장에서 병실의 어항으로 옮겨진 지 얼마 안 되는 금붕어는 어항이 무척 신기한 듯 헤엄치며 다니고 있다. 어항의 유리 항아리 위로 물방울이 피어오르는 게 보인다. 어항 속에 갇혀 살면서 물방울과 먹이를 먹지만 금붕어가 먹는 건 아득한 꿈길일지 모른다는 생각을 한다.

시든 카네이션을 떨어뜨리고 있는 청자 꽃병을 본다. 그 꽃병은 '그림자를 잃은 꽃병'이다. 그림자가 없다는 것은 병실 안에 빛도 없다는 것이다. 시든 꽃잎을 떨구고 있는 것을 시인은 "꽃 다발을 뱉어버렸다"고 표현한다. 헤아리기 어려울 만큼 깊고 오묘한 꽃향기를 지니고 있는 꽃이면서도 탁한 먼지와 회색의 어두운 기억밖에 지닐 수 없는 이그러지고 핏기가 없는 꽃의 얼굴은 동시에 화자 자신의 얼굴이기도 하다.

어항 속에 들어와 갇혀 지내는 금붕어와 꽃병에 담긴 채 시들어 가는 꽃과 병실에 누워 있는 나는 모두 공통적인 이미지를 갖고 있다. 병들어 쇠잔해져 가고 있고 시들거나 꿈을 잃은 채 살아가고 있는 것이다. 화자는 책갈피에 접혀 있는 것은 읽다 만 페이지가 아니라 자신의 청춘이라는 생각을 한다. 자신의 청춘도 더 나가지 못하고 그 자리에 접혀 있다고 느끼는 것이리라. 그래서 "금붕어는 지금도 어느 꿈길을 따르는가요"하고 묻는 것이다.

창 안에 있는 이런 것들과 대비되는 자리 즉 창밖에는 포도알들이 파르르 떨고 있다. 기온이 내려가고 있고 계절이 바뀔 것이라는 암시이기도 한데, 포도알들이 파르르 떠는 동안 창 안에 화자는 고열에 떨고 있다. 병들어 있는 시적 화자의 모습과 처지를 우울하게 보여주면서도 탐미적인 데가 있다.

🍎 시어풀이

- 검온계 : 온도계. 온도를 재는 계기.
- 유현 : 사물의 이치가 헤아리기 어려울 만큼 깊고 오묘함.
- 파리하다 : 몸이 마르고 낯빛이나 살색이 핏기가 없다.

호수(湖水)

　호수에는 사색(四色) 가지의 물고기들이 살기도 한다.
차디찬 슬픔이 생겨나오는 말간 새암
푸른 사슴이 적시고 간 입 자국이 남기어 있다.
멀리 산간에서는
시냇물들이 바위에 부딪치는 소리가 들리어오고
어둑한 숲길은 고대의 창연한 그늘이 잠겨 있어
나어린 구름들이 한나절 호숫가에 노닐다 간다.
저물기 쉬운 하룻날은
풀뿌리와 징게미의 물내음새를 풍기우며 거무른 황혼 속에
잠기어버리고
　내 마음, 좁은 영토 안에
나는 어스름 거무러지는 추억을 더듬어보노라.
오호 저녁바람은 가슴에 차다.
어두운 장벽(臟壁) 속에는 지저분하게 그어논 소년기의 낙서
가 있고,
큐피드의 화살 맞았던 검은 심장은 찢어진 대로 것날리었다.
가는 비와 오는 바람에

137

흐르는 구름들이여!

너는 어느 곳에 어제날을 만나보리오.

야윈 그림자를 연못에 적시며 낡은 눈물을 어제와 같이 흘려
보기에

너는 하많은 청춘의 날을 가랑잎처럼 날려보내었나니

오—

나는 싸느랗게 언 체온기를 겨드랑 속에 지니었도다.

이 시의 화자도 병들어 있다. 마지막 행 "나는 싸느랗게 언 체온기를 겨드랑 속에 지니었도다"라는 말을 보면 알 수 있다. 그리고 울고 있다. "낡은 눈물을 어제와 같이 흘려" 보내는 것으로 보아 어제도 울었고 오늘도 울고 있다. 거무러지는 즉 어두워지는 추억 때문이기도 하고 사랑의 상처 때문인 것 같기도 하다. "큐피드의 화살 맞았던 검은 심장은 찢어진 대로 것날리었다"는 구절이 사랑의 상처로 찢어질 듯 아파하고 있다는 걸 알게 한다. 그런 마음과 몸으로 저녁 바람이 찬 호숫가에 서 있다.

그 호숫가에 서서 여러 가지 색의 물고기, 맑은 샘, 푸른 사슴의 입자국, 산간, 어둑한 숲길의 고색창연한 그늘, 구름, 황혼에 물든 저녁 하늘을 본다. 시냇물들이 바위에 부딪치는 소리를 듣고, 풀뿌리와 민물새우의 물냄새를 맡는다. 그리고 가슴에 와 닿는 차가운 저녁 바람을 느낀다.

호숫가의 정경이 참 아름답게 묘사되어 있다. 그러나 맑은 물이 생겨나오는 샘을 보며 거기서 느끼는 것은 "차디찬 슬픔"이다. 맑고 깨끗한 샘물이 차디찬 슬픔으로 보이는 것은 사랑의 상처와 슬픔으로 몸이 야위었기 때문일 것이다.

내 마음의 영토가 "좁은 영토"로 인식되고 저녁 어스름 거무러지는 추억을 더듬는 것도 암울한 기억 때문일 것이다. 좋지 않은 추억, 기쁘지 않은 추억을 아직도 지니고 있기 때문일 것이다. 마음의 병이 육신의 병으로 옮아가면서 화자 자신은 수많은 청춘의 날을 가랑잎처럼 허무하게 날려 보내고 있다고 한다. 아름다운 호숫가의 정경과 병든 '나'가 차갑게 대비되어 있는 아름다운 시다.

🍎 시어풀이

- 새암 : 샘. 물이 땅에서 솟아 나오는 곳.
- 창연하다 : 오래되어 예스러운 빛이 그윽하다.
- 징게미 : 징거미. 민물 새우. 몸길이는 10cm가량이고, 몸빛은 푸른빛을 띤 갈색임. 냇물의 돌 사이에 삶. 식용함.
- 거물다 : 거무스름하다.
- 것날리다 : 이리저리 갈라져서 바람에 날리다.
- 하많은 : 많고 많은.

3부

The Last Train

적야(寂夜)

적요한 마음의 영지(領地)로, 검은 손이 나를 찾아 어루만진다. 흐르는 마을의 풍경과 회상 속에서 부패한 침목(枕木)을 따라 끝없이 올라가는 녹슨 궤도와 형해(形骸)조차 볼 수 없는 죄그만 기관차의 연속하는 차바퀴 소리.

기적이 운다. 쓸쓸한 마음속에만이 들려오는 마지막 차의 울음소리라, 나는 얼결에 함부로 운다. 그래, 이 밤중에 누가 나를 찾을까 보냐. 누가 나에게 구원을 청할까 보냐.

쇠잔한 인생의 청춘 속에 잠기는 것은 오직 묘지와 같은 기억과 고적(孤寂)뿐 이도 또한 가장 정확한 나의 목표와 같다. 기적이여! 울으라 창량(愴凉)히…… 종점을 향하는 조그만 차야! 너의 창에 덮이는, 매연이나 지워버리자 지워버리자.

이 시는 쓸쓸하고 암울한 심정을 노래한 시다. 고요하고 쓸쓸한 마음의 영토로 찾아와 검은 손이 나를 어루만지는 것으로 시작하고 있다. 이 시는 마음속에서 일어나는 현상들에 대해 이야기하는 방식으로 전개되고 있다. "흐르는 마을의 풍경"도 마음속 풍경이며 "기관차의 연속하는 차바퀴 소리"도 마음속에서 들려오는 소리다. 물론 들었던 소리이거나 혹은 지금 들려오는 소리일 수도 있다.

기적소리를 들으며 화자는 함부로 운다. 왜 우는지는 자세히 알 수 없다. 그러나 유추해 볼 수는 있다. 검은 손처럼 이 시 전체에는 어둡고 암울한 이미지들이 많이 등장한다. 심상적 구조의 안을 "부패한 침목", "녹슨 궤도", "쇠잔한 인생", "묘지와 같은 기억" 이런 어둡고 쓸쓸한 풍경들이 채우고 있다. 그 풍경 속에서 화자가 울고 있다. 외로워하고 있고 구원이 없다는 생각을

🍎 **시어풀이**

- 적야 : 고요한 밤.
- 적요 : 고요하고 쓸쓸함.
- 영지 : 영토.
- 형해 : 사람의 몸과 뼈. 앙상하게 남은 구조물의 뼈대.
- 쇠잔하다 : 쇠하여 힘이나 세력이 점점 약해짐.
- 고적 : 외롭고 쓸쓸함.
- 창량히 : 슬프게. 마음 아프게.

하고 있다. 그 때문에 울고 있는 것이리라.

　이 시를 쓸 때 시인은 이십 대였는데 인생을 다 산 사람처럼 노래하고 있다. 묘지와 같이 암울한 기억, 외로움과 쓸쓸함 이 것이 나의 목표라고 말한다. 물론 이렇게 역설적으로 말하게 되는 이유는 목표도 구원도 없다고 느끼기 때문일 것이다. 한 개인의 내면도 암울하고 시대도 암울했기 때문에 이렇게 외롭고 쓸쓸하고 슬펐을 것이다. 목표도 구원도 없는 시대를 살면서 어떻게 울지 않을 수 있었겠는가?

상렬(喪列)

고운 달밤에
상여야, 나가라
처량히 요령 흔들며

상주도 없는
삿갓가마에
나의 쓸쓸한 마음을 싣고

오늘 밤도
소리 없이 지는 눈물
달빛에 젖어

상여야 고웁다
어두운 숲 속
두견이 목청은 피에 적시어……

3부 The Last Train

이 시는 상주도 없는 죽음을 애도하는 시다. 1연에 보면 고운 달밤에 상여가 나가고 있다. 왜 상여가 낮에 안 나가고 달밤에 나갈까 하는 의문을 갖게 된다. 낮에 나갈 수 없는 어떤 사연이 있을 것이다. 요령을 처량하게 흔들면서 상여가 나가는데 2연에 보면 상주도 없다. 왜 상주가 없을까? 상주는 어디 가서 오지 못하는 것일까? 부모나 가족이 죽었는데도 올 수 없는 처지의 사람은 누구일까?

상제가 타는 삿갓가마는 비어 있고 쓸쓸한 화자의 마음만이 실려 있다. 그런데 마지막 연에서 보면 그 상여를 곱다고 말하고 있다. 1, 2연에서는 처량하고 쓸쓸하다고 말해놓고 왜 곱다고 했을까? 이 죽음을 화자는 고운 죽음으로 생각하기 때문일 것이다. 3연의 "소리 없이 지는 눈물"이 달빛에 젖는 과정을 통해서 고운 죽음으로 바뀌어 간다. 다만 두견이 목청이 피에 적시듯 피 맺히는 슬픔으로 다가오는 걸로 보아 슬픈 사연을 간

🍎 **시어풀이**
- 상렬 : 상여를 따라 줄지어 가는 행렬.
- 상여 : 사람의 시체를 묘지까지 실어 나르는 제구.
- 요령 : 불가에서 법요(法要)를 행할 때 흔드는 작은 종 모양의 법구.
- 상주 : 부모가 돌아가셔 상중(喪中)에 있는 사람 중에 맏상제.
- 삿갓가마 : 초상 때 상제가 타는 가마. 사방에 흰 휘장을 두르고 위에 큰 삿갓을 덮는다.

직한 죽음이라는 짐작을 하게 한다.

이 시는 3행씩 4연으로 짜여 있는 시다. 형식적으로는 기(달밤에 나가는 상여), 승(상주도 없는 삿갓가마), 전(소리 없이 지는 눈물), 결(피 맺히는 슬픔과 고운 죽음)의 아름다운 구조를 가지고 있고, 내용적으로는 비극적 아름다움을 담고 있다.

The Last Train

저무는 역두(驛頭)에서 너를 보냈다.
비애야!

개찰구에는
못 쓰는 차표와 함께 찍힌 청춘의 조각이 흩어져 있고
병든 역사가 화물차에 실리어 간다.

대합실에 남은 사람은
아직도
누굴 기다려

나는 이곳에서 카인을 만나면
목놓아 울리라.

거북이여! 느릿느릿 추억을 싣고 가거라
슬픔으로 통하는 모든 노선이
너의 등에는 지도처럼 펼쳐 있다.

이 시는 역에서 화물차가 가는 걸 보면서 "비애"(슬픔과 설움)와 "병든 역사"와 "추억" 이 그처럼 실려 가기를 바라는 마음을 노래하고 있다. 하루해가 저무는 시간 화자는 너를 보내고 있다. "개찰구에는/못 쓰는 차표와 함께 찍힌 청춘의 조각이 흩어져" 있다. 찍혀서 구멍이 나고 못 쓰게 된 것은 차표만이 아닐 것이다. 시인의 젊은 날도 그랬다. 젊은 날 방랑의 긴 여정을 돌아오는 동안 못 쓰는 차표의 조각처럼 자기의 청춘도 조각나 흩어져 있다.

아직도 대합실에는 누군가를 기다리고 있는 사람이 있다. 그 기다림을 생각하면 눈물이 난다. 지난날 기다림의 끝은 절망이었다. 미래는 희망으로 밝아오지 않았고 기다릴 사람도 점점 사라지고 없었다.

그러다 느닷없이 "카인을 만나면/목놓아 울리라"고 한다. 왜 울까? 카인은 인류 최초로 살인을 한 사람이다. 자기 동생을 죽인 사람이다. 그렇다면 화자는 누군가를 죽이고 싶었던 것일까? 살인충동과 그럴 수 없는 현실 사이에서 갈등을 했던 것일까? 시의 표면에 드러난 문맥만으로는 더 이상을 알아낼 수는 없다. 다만 카인을 생각하며 '천형', '운명', '저주받은 삶' 그런 것을 생각했을지도 모른다. 식민지 지식인으로 태어난 것이 카인의 삶과 어떤 연관이 있다고 생각한 건지도 모르겠다.

그러나 화자는 저무는 역에서 열차가 그 모든 병든 추억, 슬픈 추억을 싣고 가주기를 바란다. 거북이처럼 느릿느릿 가는 열차를 보면서 "슬픔으로 통하는 모든 노선이/너의 등에는 지도처럼 펼쳐 있다"고 말한다. 이 얼마나 비극적인 현실인가. 모든 노선은 다 슬픔으로 연결되어 있다. 어느 노선의 열차를 타도 그 노선은 다 슬픔으로 이어지는 것이다. 어떤 길을 선택해도 다 비극적인 결론에 이르게 되어 있는 것이다. 지도 어디를 펼쳐보아도 식민지 땅 어느 공간 어느 시간을 선택해 보아도 삶은 비애의 노선을 벗어날 수 없다. 젊은 시인에게 그것보다 더 병든 역사가 어디 있겠는가.

그러나 열차의 노선으로 통하는 모든 슬픔과 추억, 천지사방 연결되는 모든 곳이 슬픔 아닌 것이 없는 비극적 현실, 병든 역사를 싣고 열차가 떠나가 주기를 바란다. 아니 떠나보낸다. 보내고 싶다고 하지 않았다. "보냈다"고 했다. 보낸다는 이 행위에는 의지가 실려 있다. 그리고 이 열차가 마지막 열차(The Last Train)이기를 소망했을 것이다.

🌑 시어풀이
- 역두 : 정거장의 앞.
- 비애 : 슬픔과 설움.
- 개찰구 : 차표나 입장권 따위를 조사하는 입구.
- 카인 : 구약 성서 '창세기' 에 나오는 아담과 하와의 큰아들. 하느님이 동생 아벨의 제물은 받고 자기의 제물은 거절하자 분히 여겨 동생을 돌로 쳐서 죽임. 저주받은 무리 또는 죄인을 '카인의 후예' 라 일컬음.

소야(小夜)의 노래

무거운 쇠사슬 끄으는 소리 내 맘의 뒤를 따르고
여기 쓸쓸한 자유는 곁에 있으나
풋풋이 흰눈은 흩날려 이정표 썩은 막대 고이 묻히고
더런 발자국 함부로 찍혀
오직 치미는 미움
낯선 집 울타리에 돌을 던지니 개가 짖는다.

어메야, 아직도 차디찬 묘 속에 살고 있느냐.
정월 기울어 낙엽송에 쌓인 눈 바람에 흐트러지고
산짐승의 우는 소리 더욱 처량히
개울물도 파랗게 얼어
진눈깨비는 금시에 내려 비애를 적시울 듯
도형수(徒刑囚)의 발은 무겁다.

화자는 자신을 도형수 즉 죄수라고 생각한
다. 자학적인 표현이겠지만 억압의 쇠사슬에
서 자유롭지 못한 현실 때문에 그렇게 생각
할 수도 있으리라. 자신의 삶에 "무거운 쇠사슬" 끄는 소리 같
은 게 뒤따라오고 한겨울 흰 눈이 흩날려 이정표 썩은 막대도
그 눈에 묻혀 버린다. 갈 길, 가야 할 삶의 방향을 가르쳐 주는
이정표 막대는 썩어 있는데 그것마저 눈에 지워진다는 것은 미
래가 없다는 것이다. 어디로 가야 할지 어떻게 살아야 할지 삶
의 방향이 보이지 않는다는 것이다.

그곳에 더러운 발자국들이 찍혀 있어서 마음은 미움으로 치
솟고, 그 분노를 표출하는 행동인 돌을 던지니 개가 짖는다. 더
러운 발자국과 개는 같은 이미지를 가지고 있다. 화자의 삶을
짓밟아 온 자요, 그 침략자의 힘에 굴복한 채 기생하고 앞잡이가
되어 사는 것들이다. 돌을 던지는 행위는 개울물도 파랗게 어는
당대의 엄혹한 상황 아래서 쓸쓸한 자유를 얻은 뒤 시적 화자가
할 수 있는 일종의 저항 행위다.

외국 유학을 한 지식인이었고 다른 사람보다 뛰어난 재능을
가졌던 시인이 이렇게 삶의 이정표를 잃고 미래가 없다고 생각
하며 자신을 죄수처럼 느끼는 이유를 우리는 정신분석적으로도
해석할 수 있고, 가정사적으로 분석할 수도 있으며, 개인적 콤플
렉스 때문이라고 볼 수도 있다. 그러나 시대와의 관계를 빼놓고

이해할 수는 없다. 당대 사회가 식민지 파시즘 체제가 아니었다면 이렇게 지식인이 삶의 목표와 방향을 찾지 못한 채 어두운 내면의 철책 안에 갇혀서 울부짖지 않았을 것이다. 이 쇠사슬이 식민지 시대의 쇠사슬이 아니었다면 이렇게 출구를 찾지 못한 채 절망의 어두운 언어를 토해내지 않았을 것이다. "더런 발자국"이나 "치미는 미움"은 시적 자아가 식민지 체제에 동화되지 않고 있기 때문에 생기는 것이다. 그러나 저항도 할 수 없기 때문에 자신을 "도형수"라고 여기고 있는 것이다.

🍎 시어풀이
- 소야의 노래 : 밤의 노래. 참고로 소야곡은 저녁 음악이라는 뜻으로, 밤에 애인의 집 창가에서 부르거나 연주하던 사랑의 노래.
- 도형수 : 죄수. 도형은 조선 시대 죄인을 다스리던 다섯 가지 형벌인 오형(태형·장형·도형·유형·사형)의 하나. 복역 기한은 1년에서 3년까지 오등으로 나누고, 곤장 열 대와 복역 반년을 한 등으로 하였음.

헌사(獻詞) Artemis

마귀야 땅에 끌리는 네 검은 옷자락으로 나를 데려가거라
늙어지는 밤이 더욱 다가들어
철책 안 짐승이 운다.

나의 슬픈 노래는 누굴 위하여 불러왔느냐
하염없는 눈물은 누굴 위하여 흘려왔느냐
오늘도 말 탄 근위병의 발굽 소리는
성밖으로 달려갔다.

나도 어디쯤 죄그만 카페 안에서
자랑과 유전(遺傳)이 든 지갑 마구리를 열어헤치고
만나는 청년마다 입을 맞추리

충충한 구름다리 썩은 은기둥에 기대어 서서
기이한 손님아 기다리느냐
붉은 집 벽돌담으로 달이 떠온다

저 멀리서 또 이 가차이서도

나의 오장에서도 개울물이 흐르는 소리

스틱스의 지류(支流)인가 야기(夜氣)에 번적거리어

이 밤도 또한 이 밤도 슬픈 노래는 이슬비와 눈물에 적시었
노니

청춘이여! 지거라

자랑이여! 가거라

쓸쓸한 너의 고향에······

이 시는 아르테미스에게 바치는 헌사의 형태를 띠고 있다. 아르테미스는 달의 여신이다. 사냥, 숲, 짐승의 수호신이기도 하다. 아르테미스에게 이 노래를 바치는 것은 자신의 자아가 어두운 내면의 철책에 갇혀 울고 있는 짐승처럼 느껴졌기 때문일 것이다. "마귀야 땅에 끌리는 네 검은 옷자락으로 나를 데려가거라" 이렇게 시가 시작되는 것도 화자의 내면이 매우 어둡고 자학적인 상처로 가득 차 있기 때문일 것이다.

본래 이 자아는 말 탄 근위병처럼 발굽소리를 울리며 힘차게 성 밖으로 달려가고 싶었을 것이다. 그러나 지금 성안에 갇혀 출구를 찾지 못한 채 슬픈 노래를 부르고 있다. 하염없는 눈물을 흘리고 있다. 누구를 위해 노래 부르고 누구를 위해 눈물을 흘려왔을까. 자신일 수도 있고 나의 노래를 들어주는 '손님' 일 수도 있다.

그의 자아는 3연에서 보이는 것처럼 "자랑과 유전(遺傳)이 든 지갑 마구리를 열어헤치고/만나는 청년마다 입을 맞추"고 싶어 했다. 성 밖이라는 열린 공간이 주어진다면 그런 활달하고 발랄하고 자유스러운 행동을 하며 살아가고 싶어 했다. 그러나 그것은 상상에 그치고 그의 내면에 있는 자아는 "붉은 집 벽돌담" 안을 벗어나지 못하고 있다. "만나는 청년마다 입을 맞추"고 싶어 했지만 결국 "청춘이여! 지거라" 이렇게 노래할 수밖에 없었다.

자랑하고 싶은 욕망이 있었지만 "자랑이여! 가거라" 이렇게 노래할 수밖에 없었다.

그래서 전체적으로 어둡다. 1연의 "마귀", "검은 옷자락", "늘어지는 밤", 2연의 "슬픈 노래", "하염없는 눈물", 4연의 "충충한 구름다리", "썩은 은기둥", 5연의 "이슬비와 눈물", "야기(夜氣)", 6연의 "청춘이여 지거라", "자랑이여 가거라", "쓸쓸한 너의 고향" 등 많은 시어들이 어둡고 슬픔에 젖어 있다. 식민지에서 태어난 지식인이 아니었다면 이렇게 어둡고 슬프지 않았을 것이다.

🍎 **시어풀이**

- 아르테미스 : 그리스 신화에 나오는 달의 여신. 사냥, 숲, 짐승의 수호신. 로마 신화의 다이아나.
- 철책 : 쇠로 만든 울타리.
- 근위병 : 임금을 가까이에서 호위하는 군인.
- 마구리 : 길쭉한 토막·상자 따위의 양쪽 머리의 면.
- 오장 : 간장·심장·비장·폐장·신장의 다섯 가지 내장.
- 스틱스(Styx) : 그리스 신화에 나오는 지하세계를 흐르는 강들 가운데 하나. 스틱스라는 말은 원래 '증오스러운'이라는 뜻으로, 죽음에 대한 혐오를 나타낸다.
- 지류 : 본류로 흘러 들어가는 물줄기. 또는 본류에서 갈라져 나온 물줄기.
- 야기 : 밤의 차고 눅눅한 기운.

나폴리의 부랑자(浮浪者)

어둠과 네온을 뚫고 적은 강물은 나폴리로 흘러내렸다.

부두에 묵묵히 앉아

청춘은 어떠한 생각에 잠길 것인가,

항구의 개울은 비린내에 섞이어 피가 흘렀다.

무거이 고개 숙이면

사원의 종소리도 들려오나

육중한 바닷물은, 끝없이 출썩거리어

기단 지팡이로 아라비아 숫자를 그려보며 마른 빵쪽을 집어

던졌다.

글쎄 이방 귀족이라도 좋지 않은가

어느 나라 삼등선에서 부는 보일러 소리

연화가(煙花街)의 계집이 짐을 내리고

공원 가차이 비둘기떼는 구구 운다

노미노의 쓰디쓴 웃음을 웃으나

마지막 비로드의 검은 망토를 벗어버리나

붉은 벽돌담에 기대어 서서 떠가는 구름 바라보면 그만 아닌

가

밤이면 흐르는 별이며 적은 강물에 나폴리는 함촉이 젖어

충충한 가로수 아래

꽃 파는 수레에도 등불을 끈다.

호젓한 뒷거리에 휘파람 불며

네가 배울 것은 네가 생각하는 것은 무엇이겠나

말없이 담배만 말고 돌층계에 기대어 앉아

포도(鋪道) 위의 야윈 조약돌을 차내버리다.

지금 이 시의 화자가 있는 곳은 항구의 부두다. 시에 나오는 대로 한다면 나폴리 항구다. 이국에 대한 동경이 화자를 나폴리까지 데려왔을 것이다. 그러나 낯선 세계에 다가간 자신의 모습은 초라하다. 그곳에 조약돌 같이 앉아 있다. 그래서 전체적으로 시의 분위기가 무겁다. "무거이 고개 숙이면", "육중한 바닷물", "도미노의 쓰디쓴 웃음", "검은 망토", "붉은 벽돌담", "충충한 가로수" 등 시의 배경이 되어 있는 장면들이 하나같이 무겁고 충충하다. 거리의 여자가 눈에 잘 띄는 젊은 나이의 화자라서 그럴 수도 있고 시적 화자가 아직 생각이나 사상이 정립되지 않은 나이라서 그럴 수도 있겠지만 함께 무너질 것 같은 쓰디쓴 심정("도미노의 쓰디쓴 웃음")으로 낯선 세계에 서 있다.

이국으로 오면서 현실을 일탈할 수는 있지만 그것으로 자신의 문제를 풀 수는 없다는 것을 생각한다. 항구로 오기 이전의 공간에서처럼 답답함을 느끼지는 않고 약간 한가해져 "호젓한 뒷거리에 휘파람"도 불어보지만 여기서 배울 것은 무엇인가 그 질문에 대한 대답은 찾지 못하고 있다.

다만 그 잡히지 않는 생각의 모습을 몇 번의 '무상의 행위'들을 통해 간접적으로 드러내고 있다. 8행 "기단 지팡이로 아라비아 숫자를 그려보며 마른 빵쪽을 집어던졌다", 15행 "붉은 벽돌담에 기대어 서서 떠가는 구름 바라보면 그만 아닌가", 21~22행

"말없이 담배만 말고 돌층계에 기대어 앉아/포도(鋪道) 위의 야윈 조약돌을 차내버리다" 등 무상의 행위를 통해 무언가를 찾고자 하는 화자의 모습을 간접적으로 드러내고 있는 이 부분의 문학적 완성도는 높다. 낯선 곳에 선 보헤미안의 모습이 눈에 선명하게 떠오르도록 묘사하고 있다.

그런 화자를 시인은 부랑자라고 했지만 읽는 사람들이 느끼는 것은 무언가를 찾아 헤매고 떠돌고 새로운 것을 배우고 싶어 하는 젊은이의 모습이다. 떠돌이 의식의 밑바탕에 깔린 새로운 어떤 것을 추구하고자 하는 정신이 좋게 느껴진다.

🍎 시어풀이

- 나폴리 : 이탈리아 남서부 나폴리 만에 있는 도시. 거대한 항구 도시이자 지적 활동의 중심지이다.
- 부랑자 : 일정하게 사는 곳과 직업 없이 떠돌아다니는 사람.
- 연화가 : 유곽(遊廓)이나 기생집·술집 등이 늘어선 거리. 연화는 봄 경치를 일컫는 말.

무인도(無人島)

나의 지대함은 운성(隕星)과 함께 타버리었다

아직도 나의 목숨은 나의 곁을 떠나지 않고

언제인가 그 언제인가

허공을 스치는 별납과 같이

나의 영광은 사라졌노라

내 노래를 들으며 오지 않으려느냐

독한 향취를 맡으러 오지 않으려느냐

늬는 귀 기울이려 아니하여도

딱다구리 썩은 고목을 쪼읏는 밤에 나는 한 걸음 네 앞에 가
마

표정 없이 타오르는 인광이여!

발길에 채는 것은 무거운 묘비와 담담한 상심

천변 가차이 까마귀떼는 왜 저리 우나

오늘 밤아 오늘 밤에는 어디쯤 먼 곳에서

물에 뜬 송장이 떠나오려나

이 시도 무겁고 외로운 심정을 노래하고 있다. 나의 영광은 사라지고 너는 오지 않고 나는 한 걸음 네 앞에 가고자 하나 나를 둘러싼 상황은 무인도 같다는 이야기를 하고 있다. 무인도는 화자 자신이 처한 상황을 비유하고 있다. 무인도라고 하면서 실제로는 묘지 근처에 있는 것 같은 느낌을 준다. "표정 없이 타오르는 인광", "무거운 묘비", "까마귀떼", "물에 뜬 송장" 등을 보면 그런 생각이 든다.

화자인 내가 처해 있는 처지를 보자. '나의 지대함은 운성(隕星)과 함께 타버리었다'고 한다. 나의 목숨은 아직 나의 곁을 떠나지 않고 붙어있으나 나의 영광은 별똥과 같이 사라졌다. 별똥같이 사라졌다는 것은 영광이 짧았으며 순식간에 사라지고 말았다는 말이다.

화자는 너에게 내 노래를 들으며 오라고 권유한다. 독한 향취를 맡으러 오라고 한다. 그러나 너는 내 권유에 귀 기울이려 하지 않는다. 그래서 나는 한 걸음 앞으로 가고자 한다. 그러나 네게 가고자 하는 밤은 "딱다구리 썩은 고목을 쪼읏는 밤"이다. 어딘가 불길한 느낌이 드는 밤이다. 주위에 있는 것들도 다 죽음과 관련이 있는 것들이다. "표정 없이 타오르는 인광"은 무섭고 섬뜩하며, "무거운 묘비"가 발길에 채이는 것도 무섭고 두렵게 느껴진다. 천변 가까운 데서 우는 "까마귀떼"는 음울하고 뭔가 안 좋은 일이 일어날 것 같은 느낌을 주며, "물에 뜬 송장"이 떠내려올지도 모른다는 것 또한 얼마나 무섭고 두려운 상황인가.

이런 두려움과 무서움 속에 갇혀 있는 자신의 처지가 무인도에 홀로 버려져 있는 것 같은 생각이 들게 한다는 것이다. 정신적으로나 시대적으로 다 무인도에 갇혀 있는 것처럼 느껴진다는 것이리라.

🍎 시어풀이
- 지대하다 : 더없이 크다.
- 운성 : 별똥별. 유성.
- 별납 : 별똥.

나의 노래

나의 노래가 끝나는 날은
내 가슴에 아름다운 꽃이 피리라.

새로운 묘에는
옛 흙이 향그러

단 한 번
나는 울지도 않았다.

새야 새 중에도 종다리야
화살같이 날아가거라

나의 슬픔은
오직 님을 향하여

나의 과녁은
오직 님을 향하여

단 한 번
기꺼운 적도 없었더란다.

슬피 바래는 마음만이
그를 좇아
내 노래는 벗과 함께 느끼었노라.

나의 노래가 끝나는 날은
내 무덤에 아름다운 꽃이 피리라.

이 시의 화자는 내가 노래 부를 수 없게 된 날, 즉 내가 살아 있지 않게 되는 날에 내 무덤에 아름다운 꽃이 피리라는 이야기를 한다. 살아서 어떻게 했기 때문에 그렇게 말하고 있을까. 주제가 담겨 있는 1연과 9연을 제외한 나머지 연의 뼈대를 이루는 것이 그 내용이다. 이 시는 전체적으로 3연씩 3부분의 의미 단락으로 나눌 수 있는데, 첫 번째 의미 단락의 내용은 죽음을 덮는 흙도 향그럽기 때문에 울지 않았다는 것이다. 두 번째 의미 단락은 슬픔은 오직 님을 향해 종다리처럼 날아갔고 내 삶의 과녁도 님을 향해 있었다는 것이다. 세 번째 의미 단락은 단 한 번도 벅차게 기쁘지 않았고, 슬픈 희망을 품고 그(님)를 쫓아 벗과 함께 노래하고 느끼었다는 것이다.

그(님)는 누구일까. 내 노래를 들어주던 분, 내 슬픔을 알아주던 분, 내 삶의 과녁이요 목표이던 분일 것이다. 내가 어떻게 누구를 향해 노래를 불러왔는지 님은 알고 계실 것이기 때문에 내 노래가 끝나는 날 내 무덤에 아름다운 꽃이 피리라고 말하는 것이다.

"나의 노래가 끝나는 날"은 종말이요 끝이다. 삶의 노래가 끝나는 날이다. 그날 "내 가슴에 아름다운 꽃이 피리라"는 것은 새로운 시작이요 아름다운 출발이 시작된다는 것이다. '묘'와 '향그런 흙'도 죽음과 새로움을 의미한다. 새로움과 향그러움 때문에 죽음 앞에서도 울지 않는 것이다. 똑같은 내용을 마지막에 다시 배치하여 역대칭 구조를 이루고 있는 마지막 연에서는 "내 무덤에 아름다운 꽃이 피리라"고 한다.

이 꽃은 죽음을 딛고 핀 꽃이다. 죽음에서 자라난 꽃이요, 부활이다. 아름다운 생명의 부활만이 아니라 예술적 부활, 문학적 부활이요 민족적 부활까지를 연상하게 한다. 오장환의 첫 번째, 두 번째 시집인 『성벽』과 『헌사』에 수없이 등장하는 어둡고 절망적이고 음울한 죽음의 시들이 묻힌 시의 무덤 위에 아름답고 영원한 생명을 노래하는 문학의 꽃이 피어나기를 소망하는 마음이 이 속에 담겨 있다.

시어풀이

• 종다리 : 종달새. 참새보다 좀 큰데, 등 쪽은 적갈색 바탕에 흑갈색 반문이 있고, 배 쪽은 흼. 봄에 공중으로 높이 날아오르면서 고운 소리로 옮.

북방(北方)의 길

눈 덮인 철로는 더욱이 싸늘하였다
소반 귀퉁이 옆에 앉은 농군에게서는 송아지의 냄새가 난다
힘없이 웃으면서 차만 타면 북으로 간다고
어린애는 운다 철마구리 울듯
차창이 고향을 지워버린다
어린애가 유리창을 쥐어뜯으며 몸부림친다

「북방의 길」은 「모촌」과 함께 1930년대 식
민지 현실을 사실적으로 잘 그려낸 작품이다.
이 시는 고향을 떠나 북방 어딘가로 쫓겨 가
야 하는 농민들의 아픔을 잘 형상화하고 있다. 지금 쫓기어 가
고 있는 이들은 어린애와 송아지 냄새가 나는 농군을 포함한 농
사꾼 가족이다. 그들은 열차를 타고 떠난다. 열차를 타고 가는
것으로 보아 아주 먼 곳으로 간다는 것을 알 수 있다. 그 북방이
어쩌면 나라 건너 남의 땅일 가능성도 있다. 눈 내려 싸늘한 겨
울에 그들은 떠난다. 그래서 가슴 또한 시리고 추울 것이다. 그
들이 앞으로 살아가야 할 날도 차고 매서운 날일 것임을 짐작할
수 있다. 그들은 지금 가난하다. 가진 것이라곤 소반 정도다. 떠
나기 직전까지도 농사를 지었던 사람이라는 걸 몸에 밴 송아지
냄새로도 알 수 있다. 그러나 그들은 떠날 수밖에 없는 처지에
내몰린 농민들일 것이다.

그들이 자의에 의해 새로운 땅을 찾아가는 것이 아니라 어쩔
수 없이 쫓겨나는 사람들이고 고향을 떠나기 싫은 데도 떠나고
있는 신세임을 대신 보여주는 것이 어린애의 울음이다. 이 시에
서 오래도록 읽는 이의 가슴에 남는 것이 이 어린애의 울음이
다. 어린애는 철마구리(참개구리) 울듯이 운다. "유리창을 쥐어
뜯으며 몸부림친다" 이건 단순히 어린애의 몸부림만이 아니다.
떠나는 모든 이의 몸부림과 심정이다. 어린애의 몸부림치는 울

음에다 대신 실어서, 아니 다 실어서 표현하고 있는 것이다. 그러면서도 슬픔이 잘 정제되어 있다. 그래서 더 비극적이기도 하다. 뿐만 아니라 한 시대의 민족적 슬픔을 잘 그려내고 있다.

이 어린애를 지켜보는 농군의 힘없는 웃음은 무력함과 자조적인 웃음으로 비치기도 하지만 스스로를 위로하려 애쓰는 웃음이기도 하고 아직 희망을 다 버리지 않은 아픈 표정도 그 안에 내재되어 있다.

🍎 시어풀이
- 소반 : 밥·반찬과 그 밖의 음식들을 벌여 놓고 먹는 작은 밥상.
- 철마구리 : 참개구리.

불길한 노래

나요. 오장환이요. 나의 곁을 스치는 것은, 그대가 아니요. 검은 먹구렁이요. 당신이요.

외양조차 날 닮았다면 얼마나 기쁘고 또한 신용하리요.

이야기를 들리요. 이야길 들리요.

비명조차 숨기는 이는 그대요. 그대의 동족뿐이요.

그대의 피는 거멓다지요. 붉지를 않고 거멓다지요.

음부 마리아 모양, 집시의 계집애 모양,

당신이요. 충충한 아구리에 까만 열매를 물고 이브의 뒤를 따른 것은 그대 사탄이요.

차디찬 몸으로 친친이 날 감아주시요. 나요. 카인의 말예(末裔)요. 병든 시인이요. 벌(罰)이요. 아버지도 어머니도 능금을 따먹고 날 낳았소.

기생충이요. 추억이요. 독한 버섯들이요.

다릿한 꿈이요. 번뇌요. 아름다운 뉘우침이요.

손발조차 가는 몸에 숨기고, 내 뒤를 쫓는 것은 그대 아니요.

두엄자리에 반사(半死)한 점성사(占星師), 나의 예감이요. 당신
이요.

견딜 수 없는 것은 낼룽대는 혓바닥이요. 서릿발 같은 면도
날이요.

괴로움이요. 괴로움이요. 피 흐르는 시인에게 이지(理智)의
프리즘은 현기로웁소

어른거리는 무지개 속에, 손꾸락을 보시요. 주먹을 보시요.

남빛이요 — 빨갱이요. 잿빛이요. 잿빛이요. 빨갱이요.

이 시는 자기 존재에 대한 절망적인 심정과 분열하는 자아의 모습을 잘 보여주고 있다.

이 시의 나와 당신은 같은 사람이면서 동시에 분열하는 자아이다. 현실의 자아이면서 먹구렁이처럼 보이는 자아이다. 아파서 비명을 질러야 할 때도 비명조차 숨기는 이다. 피가 붉지를 않고 검은 존재이다. 자신을 카인의 먼 후손이라고 생각한다. 위악적인 모습의 자아로 자신을 바꾸어간다. 나라는 존재는 벌 받아 태어난 존재라고까지 자학한다. 그래서 자신은 "기생충이요. 추억이요. 독한 버섯들"이라고 여긴다. 달콤한 꿈이면서 번뇌요. 아름다운 뉘우침이라고 생각한다.

프란츠 파농은 식민지 피지배자의 심리 상태에 대해 서술하면서 "피지배자의 죄의식은 내면화된 죄의식이 아니라 일종의 천벌처럼 경험하는 치욕"이라고 한 바 있는데 이 시가 이런 심리상태의 극단적인 표현이 아닌가 싶다. 자신을 "카인의 말예"라고 여기거나 존재 자체가 "벌"이라고 생각하는 것이 바로 '천벌처럼 경험하는 치욕'과 같은 감정일 것이다.

"낼룽대는 혓바닥이요. 서릿발 같은 면도날이요" 이렇게 말하는 것으로 보아 피해망상과 불안 의식으로 인해 견딜 수 없어하는 것으로 보인다. 존재 자체가 괴로움이다. "괴로움이요. 괴로움이요. 피 흐르는 시인에게 이지(理智)의 프리즘은 현기로웁소" 이렇게 말하는 피는 의식의 피요, 이성, 논리, 지혜의 시각이

어지럽고 현기증 나기 때문에 감정적, 감성적일 수밖에 없다는
것이다.

이 시의 마지막에 나오는 남빛과 빨간색은 서로 보색 관계인
색이다. 서로 반대되는 색으로 남빛이었다, 빨간빛이었다, 어
둠의 빛이요 죽음의 빛인 잿빛이 뒤섞이는 이 색들이야말로 분
열하는 의식의 빛깔이 어떤 빛인가를 보여주는 것이다. 이 시는
자신이 자기의 존재를 어떻게 인식하고 있는가를 잘 보여주는
시다. 이 시의 제목처럼 자신을 불길한 존재로 여기고 있으며
스스로 불길한 존재로 살아가게 될지도 모른다는 자기 암시와
운명에 대한 예감 같은 것을 담고 있다.

🍎 시어풀이
• 음부 : 음탕한 여자.
• 아구리 : 입의 속어.
• 말예 : 먼 후손.
• 다릿하다 : 달콤하다. 흥미를 느끼게 하는 아기자기한 맛이 있다.
• 두엄자리 : 두엄을 쌓아 모으는 자리. 퇴비장. 구덩이를 파고 풀ㆍ낙엽ㆍ가축의 배설
  물 따위를 넣어 썩힌 거름을 두엄이라 함.
• 반사 : 반죽음.
• 점성사 : 별의 빛ㆍ위치ㆍ운행 따위를 보고 점을 치는 사람.
• 이지 : 이성과 지혜. 또는 본능이나 감정에 지배되지 않고 지식과 윤리에 따라 사물을
  분별하고 이해하는 슬기.
• 프리즘 : 광선의 굴절ㆍ분산 등을 일으키게 하는 유리 또는 수정의 삼각기둥 등의 광
  학(光學) 부품.
• 손꾸락 : 손가락.
• 남빛 : 푸른빛과 자줏빛과의 중간 빛. 하늘빛보다 짙음.

할렐루야

곡성이 들려온다. 인가(人家)에 인가가 모이는 곳에.

날마다 떠오르는 달이 오늘도 다시 떠오고

누런 구름 쳐다보며
망토 입은 사람이 언덕에 올라 중얼거린다.

날개와 같이
불길한 사족수(四足獸)의 날개와 같이
망토는 어둠을 뿌리고

모든 길이 일제히 저승으로 향하여 갈 제
암흑의 수풀이 성문을 열어
보이지 않는 곳에 술 빚는 내음새와 잠자는 꽃송이.

다만 한 길 빛나는 개울이 흘러……

망토 위의 모가지는 솟치며
그저 노래 부른다.

저기 한 줄기 외로운 강물이 흘러
깜깜한 속에서 차디찬 배암이 흘러…… 사탄이 흘러……
눈이 따갑도록 빨간 장미가 흘러……

이 시는 인가에서 곡하는 소리가 들려오는 것으로 시작한다. 누군가 죽었다는 것을 암시한다. "모든 길이 일제히 저승으로 향하여" 간다는 말에서도 죽음과 연관된 분위기를 느끼게 한다. 시간적으로는 달이 떠오르는 때, 즉 밤이 시작되고 있는 시간이다. 하늘에 누런 구름이 있는 것으로 보아 아직 완전히 어두워지지는 않았고 어두워지기 시작한다는 걸 알 수 있다.

그렇게 어둠이 시작되는 시간에 울음소리를 들으며 화자가 서 있다. 화자는 검은 망토를 입고 서 있다. 망토를 입은 것으로 보아 학생이 아닐까 하는 짐작을 하게 되는데, 그 망토는 죽음을 데려가는 사자의 상징처럼 느껴지기도 한다. 그래서 망토가 불길한 사족수의 날개처럼 보인다. 점점 주위가 어두워지는 것이 망토 입은 사람이 어둠을 뿌리고 있는 것처럼 느껴진다.

어두워지면서 모든 길이 어둠 속에 묻히는 모습이 "모든 길이 일제히 저승으로 향하여" 가는 것처럼 느껴진다. 그러나 '다만 한 길'이 그 반대편에 있다. "빛나는 개울"이 흐르는 길이다. 모든 길이 죽음을 향하고 어둠을 향해 가고 있다면 그 한 길만이 삶의 편으로 흐르며 빛나고 있다. 그래서 화자는 그 개울을 보며 노래 부른다.

그런데 그 강물은 외로운 강물이다. 깜깜한 어둠 속에서 함께 흐르는 것은 "차디찬 배암"과 "사탄"과 "눈이 따갑도록 빨간 장미"다. 이런 악마주의적인 요소들이 함께 흐른다. 죽음을 곡하는 소리를 들으면서 그래도 삶의 편으로 흐르는 강물을 바라보고 있지만, 외로움을 벗어날 수는 없다는 말을 하고 있는 것이다. 고독을 벗어나려는 몸부림이 때론 성적 유혹과 타락과 악마주의를 동반하게 한다는 것을 짐작하게 한다.

이 시가 화자의 이런 복잡한 심리 상태를 그리고 있으면서도 제목을 하느님을 찬양하는 기쁨과 감사의 말인 할렐루야로 한 것은 다분히 역설적이며 반어적이다.

시어풀이

• 할렐루야 : 하느님을 찬양한다는 뜻으로, 기쁨 또는 감사를 나타내는 말.
• 곡성 : 장례나 제사를 지낼 때 소리 내어 우는 소리. 또는 그런 울음 소리.
• 사족수 : 네 발 가진 짐승.
• 배암 : 뱀.

4부

길손의 노래

성탄제(聖誕祭)

산 밑까지 내려온 어두운 숲에
몰이꾼의 날카로운 소리는 들려오고,
쫓기는 사슴이
눈 위에 흘린 따뜻한 핏방울.

골짜기와 비탈을 따라 내리며
넓은 언덕에
밤 이슥히 횃불은 꺼지지 않는다.

뭇 짐승들의 등 뒤를 쫓아
며칠씩 산속에 잠자는 포수와 사냥개,
나어린 사슴은 보았다
오늘도 몰이꾼이 메고 오는
표범과 늑대.

어미의 상처를 입에 대고 핥으며
어린 사슴이 생각하는 것

그는

어두운 골짝에 밤에도 잠들 줄 모르며 솟는 샘과

깊은 골을 넘어 눈 속에 하얀 꽃 피는 약초.

아슬한 참으로 아슬한 곳에서 쇠북 소리 울린다.

죽은 이로 하여금

죽는 이를 묻게 하라.

길이 돌아가는 사슴의

두 뺨에는

맑은 이슬이 내리고

눈 위엔 아직도 따뜻한 핏방울……

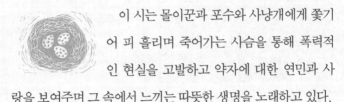 이 시는 몰이꾼과 포수와 사냥개에게 쫓기어 피 흘리며 죽어가는 사슴을 통해 폭력적인 현실을 고발하고 약자에 대한 연민과 사랑을 보여주며 그 속에서 느끼는 따뜻한 생명을 노래하고 있다.

이 시의 전반부 3연은 날카로운 소리를 지르는 몰이꾼, 밤이 이슥하도록 꺼지지 않는 횃불, 그리고 사슴뿐만 아니라 야생에서 강한 존재인 표범과 늑대도 몰이꾼에 의해 죽어나가는 모습이 나온다. 그들이 며칠씩 잠을 자며 사냥을 하는 것을 어린 사슴의 눈을 통해 고발한다. 몰이꾼에게 쫓기던 사슴이 하얀 눈 위에 흘린 붉은 핏방울은 흰색과 붉은색의 색상대비를 통해 그 폭력성을 더 선명하게 드러나게 한다.

몰이꾼 등이 쫓는 자요, 강자요, 억압자라면 사슴은 쫓기는 자요, 약자요, 피억압자라 할 수 있다. 몰이꾼과 함께하는 세력이 포수와 사냥개라면 피 흘리는 사슴을 옆에서 지키는 것은 그보다 더 어린 사슴이다. 이 어린 사슴을 화자는 따뜻한 시선으로 바라보고 있다.

어미의 상처를 입에 대고 핥으며 어린 사슴은 어미의 상처가 회복되고 어미가 살아날 수 있기를 바란다. "어두운 골짝에 밤에도 잠들 줄 모르며 솟는 샘과/깊은 골을 넘어 눈 속에 하얀 꽃 피는 약초"를 떠올린다. 샘은 헐떡이는 생명에게 목마름을 해결해 줄 수 있는 생명수가 솟아나는 곳이며, 약초는 상처를 치유해 줄 수 있는 구원의 상징이다. 그러나 그 약초는 참으로 먼 곳을 지나 깊은 골 너머에 있다. 어둠 속에서도 하얗게 피는 꽃이다. 이 둘은 상처받고 죽어가는 생명을 구원해 줄 이상적인 것들이다.

그러나 아슬한 곳에서 사냥이 멈추지 않았음을 알리는 쇠북 소리가 들린다. 그래서 "죽은 이로 하여금/죽는 이를 묻게 하라"는 서술자의 목소리가 개입한다. 마태복음에 나오는 이 구절이 뜻하는 것은 무엇일까? 이것은 불가능한 주문이다. 죽은 이가 어떻게 죽은 이를 묻을 수 있는가? 아마도 아직 살아 있는 나약하고 어린 생명을 살아 있게 두라는 뜻이 아닐까? 살아 있는 사슴을 묻게 하지 말라는 뜻과 생명이 지속되기를 바라는 마음이 이렇게 표현되었을 것이다.

마지막 연에 보면 죽어가는 사슴의 두 뺨에 맑은 이슬이 내리고 있다. 두 뺨에 내린 맑은 이슬은 맑은 눈물일 텐데 쫓기던 사슴이 얼마나 맑은 마음을 지닌 사슴이었는가를 보여주고자 하는 표현이며, 화자가 연민의 눈으로 죽어가는 생명을 바라보고 있음을 알게 해 준다.

여기까지가 시의 표면에 나타난 의미라면 그것이 성탄제와 어떻게 연관된다는 것일까? 성탄제는 예수의 탄생을 기념하는 날이다. 몰이꾼에게 쫓기는 사슴이 흘린 피는 로마의 지배 세력에게 핍박 받는 예수의 피를 떠올리게 한다. 사슴과 예수는 지배자, 억압자에게 희생된 번제물이라는 공통점이 있다. 그렇다면 동화적 상상이 첨가된 듯한 샘과 약초는 우리를 영원히 살게 할 수 있는 생명수요, 부활의 꽃을 상징한다고 볼 수 있다. 이 시는 예수 탄생의 날에 우리를 대신해 피 흘리고 죽어간 예수를 연상하며 다시 살아나는 따뜻한 생명의 영속성을 갈망하는 시로도 해석해 볼 수 있다.

🍎 시어풀이
- 성탄제 : 예수의 탄생을 기념하는 날, 매년 12월 25일. 예수의 탄생을 기념하는 교회의 행사도 성탄제라 한다.
- 몰이꾼 : 짐승이나 물고기를 잡으려는 곳으로 몰아넣는 사람.
- 아슬한 : 아슬아슬하게 높거나 까마득하게 먼.
- 길이 : 오랜 세월이 지나도록.

산협(山峽)의 노래

이 추운 겨울 이리떼는 어디로 몰려다니랴.
첩첩이 눈 쌓인 골짜기에
재목을 싣고 가는 화물차의 철로가 있고
언덕 위 파수막에는
눈 어둔 역원이 저녁마다 램프의 심지를 갈고.

포근히 눈은 날리어
포근히 눈은 내리고 쌓이어
날마다 침울해지는 수림(樹林)의 어둠 속에서
이리떼를 근심하는 나의 고적은 어디로 가랴.

눈보라 휘날리는 벌판에
통나무 장작을 벌겋게 지피나
아 일찍이 지난날의 사랑만은 다스하지 아니하도다.

배낭에는 한줌의 보리이삭
쓸쓸한 마음만이 오로지 추억의 이슬을 받아 마시나

187

눈부시게 흰한 산등을 내려다보며
홀로이 돌아올 날의 기꺼움을 못가졌노라.

　눈 속에 쌓인 골짜기
사람 모를 바위틈엔 맑은 샘이 솟아나고
아늑한 응달녘에 눈을 헤치면
그 속에 고요히 잠자는 토끼와 병든 사스미.

　한겨울 내린 눈은
높은 벌에 쌓여
나의 꿈이여! 온 산으로 벋어나가고
어디쯤 나직한 개울 밑으로
훈훈한 동리가 하나
온 겨울, 아니 온 사철
내가 바란 것은 오로지 다스한 사랑.

　한동안 그리움 속에
고운 흙 한줌
내 마음에는 보리이삭이 솟아났노라.

이 시는 추운 겨울 눈 쌓인 골짜기에서 벗어나가는 꿈, 다스한 사랑, 솟아나는 희망을 노래하고 있다. 추운 겨울은 시적 화자가 처한 심리적, 정서적, 시대적 상황을 암시한다. 이 시에는 "추운 겨울" 말고도 차가운 이미지들이 많다. "첩첩이 눈 쌓인 골짜기", "한겨울 내린 눈" 이런 차가운 이미지들은 방황과 냉기의 의미를 함께 지니고 있다. 그런가 하면 차가운 이미지들과 대비되는 따뜻한 이미지들도 있다. "램프의 심지를 갈고", "포근히 눈은 내리고 쌓이어", "통나무 장작을 벌겋게 지피나" 이런 것들은 정착과 온기의 의미와 연관이 있다.

화자는 이 추운 겨울에 배낭을 메고 열차를 타고 어딘가를 가려는 것으로 보인다. 눈보라가 몰아치는 겨울이라 날씨는 매우 춥지만 눈을 포근하게 느끼고 있다. 화자의 마음이 그렇게 사물을 포근하게 바라보는 상태로 바뀌었다는 것이다. "이 추운 겨울 이리떼는 어디로 몰려다니랴" 이렇게 걱정하는 것도 액면 그대로 해석하면 목숨을 가진 것들에 대한 연민과 동정이다. 물론 이 이리떼를 일제의 상징으로 볼 수도 있다.

그러나 시 전체의 분위기를 보면 꼭 일제의 상징으로 해석할 것만도 아니다. 이리떼가 일제의 상징이었다면 "아득한 응달녘에 눈을 헤치면/그 속에 고요히 잠자는 토끼와 병든 사스미"에서 고요한 분위기가 아닌 긴박한 상황을 암시하는 시어 하나쯤

숨겨 두었을 것 같다. 지금 토끼와 병든 사슴도 눈 속에서 고요히 잠을 자고 있다는 것은 이리떼를 피해 숨어 있기 때문이 아니라, 어려운 상황 속에서 겨울을 나는 짐승들에 대한 따뜻한 사랑과 연민이 배어 있는 표현이라고 보인다.

그리하여 나의 꿈이 "온 산으로 벋어나가고" 그렇게 확장된 꿈이 "어디쯤 나직한 개울 밑으로/훈훈한 동리"에 가 닿는 것이다. 그 훈훈한 동리야말로 화자가 찾는 고향일 것이다. 배낭이 떠도는 삶을 상징한다면 훈훈한 동리는 돌아가 머물고 싶은 갈망의 대상이다. "지난날의 사랑만은 다스하지 아니"하였지만 그래도 사시사철 화자가 바란 것은 "오로지 다스한 사랑"인 것이다. 그런 머물고 싶은 마음, 정착의 의지를 담고 있는 것이 "고운 흙 한 줌"이다. 정착의 이미지는 내 마음에 솟아나는 "보리이삭"에 집약되어 있다. 그것은 돌아와 삶의 씨앗을 뿌리고 살고 싶은 마음의 상징이며 정착의 표상이다.

🍎 시어풀이
• 산협 : 깊은 산속의 골짜기.
• 파수막 : 경계하며 지키기 위해 임시로 지은 집.
• 수림 : 나무가 우거진 숲.
• 동리 : 마을.
• 사스미 : 사슴.

마리아

탱자나무 울타리 안에 있는 별장에는 노란 꽃송이가 망울 때에서부터 푸른 열매가 커질 때까지 소복한 마리아, 마리아는 노상 침상에 누워 있었다. 무정하고나. 쓸쓸한 하루하루, 그의 화장은 아무도 보는 사람이 없다.

뜰 앞에는 가느단 분수가 조용히 솟아오르고 햇빛이 포근한 잔디 위에선 심부름하는 나어린 소녀가 까닭 없이 졸고 앉았다.

소도시의 웨이트리스 마리아는 아무도 없는 별장에서 저 홀로 눈물지운다. 오늘도 건너편 언덕의 목장에서는 늙은 목동이 우유병을 자전거에 싣고 찾아왔었다.

바람 한 점 불지 않건만 뒤란의 오동잎은 한 잎, 한 잎, 힘없이 떨어진다. 마리아는 조용한 툇마루에 등의자를 내어다놓고 오래지 않아 생산하려는 어린아이의 토테버선에 수를 놓는다.

그는 또한 자기의 쓸쓸한 생활에도 오래지 않아 낙엽이 오리라는 예감을 무엇으로 숨기어볼까.

이곳과는 멀리 급행차가 하루에도 오륙 차 쉬고 가는 정거장 앞에 가냘픈 마리아 어디로 갔는지도 모르는 나어린 마리아가

다시 슬픈 사치의 길로 돌아오기를 그의 동무, 여러 동무들은
나직한 이층 밑에서 밤마다 손님과 노래 부르며 기다리었다.

2

　오월에는 그 노란 탱자꽃들이 늦게서야 피기 시작하였고 이
슬비 내리는 밤엔 울타리 가에서 진한 꽃가루의 냄새가 훈훈히
풍기어 입맛을 더친 마리아는 종내 어지러웠다.

　울타리 너머 멀리 보이는 냇가 뚝의 모래밭에는 새로 자라난
낙화생의 어린 넝쿨들이 다복이 한데 엉키고 마당가의 연못은
산골짜기 돌 틈새에서 흐르는 개울물을 끄은 것이라 맑고 차기
한량이 없다.

　오직 마리아를 위로하는 것은 병 있는 사람이 고요한 자연
속에서 느끼듯 아슬한 그의 추억뿐일까―아련히 그의 할아버
지는 깨끗한 약물 앞에 갓끈을 씻고 나어린 마리아 코 흘리는
마리아는 죄그만 유리병에 물을 담는다.

　한결같이 풍기는 분수 가으로 갑자기 흐뜩흐뜩 날기 시작하
는 물자마리의 쌍쌍이―문득 차차로 길어지는 나무그늘 속에
쓰르라미의 비인 허물이 흩어져 있고 나어린 가을벌레들이 생
겨날 때 마리아는 종내 사나이의 상의에 지고 말았다.

　가시낭구 울타리 가차이 좁다란 화초밭에는, 갓 자란 영계(嬰

鷄)들이 제대로 튀어나간 봉선화의 까만 씨들을 쪼아먹고, 그 옆에는 다듬지 않은 굴팜나무로 깎아 세운 작은 십자가.

날마다 날마다 마리아는 해질녘이면 이 조용한 화단에 물을 뿌린다.

또 하나 그와는 다른 여인이, 그보다 먼저 이곳에 와서 (주인의 아기를 빌으다) 사태(死胎)를 낳고 간 쓸쓸한 무덤 앞에 차차로 무거워가는 몸으로 찾아 나온다.

낙엽이 지려고 하면서부터 건너편 언덕의 목장에서는 늙은 목동이 하루에도 몇 차례나 근심스러이 마리아를 찾아왔었다.

뜻 아니하고 얻을 귀여운 아가를 위하여, 늙은 목동은 오늘도 자전거로 휘파람 불며 병든 산모의 약을 지으러 한약국이 있는 읍으로 내려갔었다.

마리아는 무료히 앉아 있다가 생각난 듯이 보낼 곳 없는 편지를, 일기의 대신으로 적어나간다.

무정하고나. 쓸쓸한 하루하루 마리아를 찾아주는 통신이라곤 매월에 한 차례, 사나이게서 오는 비인 봉투와 소절수 한 장.

그는 어느 날 잠 속에서 자기가 아무것도 입지 않고 자는 모양을 보았다. 마리아의 불어오르는 배는 마치 추녀 위에 맺혀진 하얀 박통과 같다.

배 안에서부터 발버둥치는 이 어린아이는, 어언간 마리아의 모습을 하여가지고 몹시는 그를 협박하리라.

싸느란 달밤에도 탱자나무 울타리에는 그 노란 열매들이 하나하나, 그 노란 빛깔이 하나하나, 보이는 것만 같아여진다.

마리아는 문득 잠이 깨어 탱자열매가 풍기는 아늑한 향내에 고개를 무거이 숙이지 않을 수 없다. 쓰지 못하는 실과(實果)의, 먹지 못하는 과일의, 이리도 애처로운 향취여!

마리아에게 산기가 있는 날 먼 곳에서 산파는 인력거를 타고 찾아왔었다. 그리고는 삼칠일이 채 지나지 않아 늙은 목동이 어린아가를 안고 건너편 언덕으로 가버리었다.

전보 한 장 마리아는 사나이에게 치지 안했다. 그가 오랫동안 머물렀던 별장을 떠나려고 짐을 싸는 날 그 아름다웁던 탱자나무의 울타리엔 해말갛도록 노란 열매도 누구의 손에 따갔는지 하나도 없고, 쓸쓸한 바람이 불며, 잎새만 차차로 무심히 낙엽이 질 뿐.

마리아가 비인 방 안에 램프를 돋구고 윗목에 앉아, 이제는 다시 슬픈 사치에로 길을 옮기려 할 때 화장을 하는 그의 곁에는 가을이 깊고, 쌀쌀한 바람이 일고, 이미 철 늦은 마리아의 모시치마엔 추위를 이기지 못하는 나어린 귀뚜리가 주름폭 사이로 뛰어들었다.

이 시에 나오는 마리아라는 여자는 대리모다. 대리모란 정상적인 방법으로 아이를 가질 수 없는 부부나 아이의 양육을 원하는 독신자를 위하여 아기를 대신 낳아 주는 여자를 말한다. 이런 경우 대리모는 부모로서의 모든 권리를 포기한다.

1980년대 중반 시험관 안에서 체외수정된 배(embryo)를 대리모의 몸에 착상시킬 수 있게 되면서, 아이를 가질 수 없던 부부가 자신들의 유전자를 가진 아이를 가질 수 있게 되었다. 이 시가 쓰여진 1940년대는 이런 인공수정이 가능하지 않던 시대다. 마리아는 소도시의 웨이트리스다. 자신의 아내를 통해서는 아이를 가질 수 없던 어떤 남자의 요구를 들어주면서 대리모가 된 여인이다. 그 대가로 매월 한 차례씩 빈 봉투에 담겨오는 수표 한 장을 받으며 살고 있다.

탱자나무 울타리가 있는 별장에서 하얀 옷을 입고 혼자 눈물지으며 쓸쓸히 살아가고 있는 이 여인의 삶을 화자는 연민의 눈으로 지켜보고 있다. 심부름하는 어린 소녀와 우유병을 자전거에 싣고 찾아오는 늙은 목동이 그녀의 곁을 지키고 있을 뿐 남자는 오지 않는다. 남자와 마리아의 관계는 거래일 뿐이다. 별장의 화단에는 굴팜나무로 작은 십자가를 깎아 세운 무덤이 있다. 마리아보다 먼저 대리모가 되어 아기를 가졌다가 그 아이를 낳는 과정에서 아기와 함께 죽은 여인의 무덤이다. 마리아는 해질 녘이면 조용한 화단에 물을 뿌린다.

비록 대리모의 신분으로 아기를 가졌지만 마리아는 그 아기가 신을 버선에 수를 놓기도 하고 편지나 일기를 적기도 하며 시간을 보낸다. 탱자나무 울타리가 있는 이 별장의 탱자는 마리아의 임신과 연관된 상징적인 매개물이다. 탱자는 향기가 짙은 과일이다. 탱자 열매가 풍기는 아늑한 향내에 고개를 숙이며 화자는 "쓰지 못하는 실과(實果)의, 먹지 못하는 과일의, 이리도 애처로운 향취여!"라고 말한다. 탱자 열매는 향기는 진하지만 쓰지 못하는 열매고 먹지 못하는 과일이다. 그래서 그 향취가 더욱 애처롭게 느껴진다. 뱃속의 아이가 점점 크고 있지만 그 아이는 자신이 키울 수 있는 아이가 아니다. 그래서 먹지 못하는 과일처럼 그저 속절없이 바라보다 말 수밖에 없다.

마리아가 낳은 아이는 삼칠일이 채 되기도 전에 늙은 목동이 안고 언덕을 넘어갔고 마리아는 사나이에게 전보 한 장 치지 않았다. 마리아가 별장을 떠나려고 짐을 싸는 날 탱자 열매가 보이지 않는다. 누가 따갔는지 하나도 없다. 탱자는 아이의 상징이었음을 다시 한 번 알려준다. "쓸쓸한 바람이 불며, 잎새만 차차로 무심히 낙엽이 질 뿐" 아무도 없다. 아이도 사나이도 탱자도 늙은 목동도 없다.

다시 슬픈 웨이트리스로 돌아가야 하는 마리아의 곁에는 깊은 가을과 쓸쓸한 바람만이 있을 뿐이다. 추위를 이기지 못하는 어린 귀뚜라미가 마리아의 모시치마 주름폭 사이로 뛰어들어온다. 마리아에게도 겨울이 올 것임을 암시하는 것이다.

대리모가 되었던 마리아라는 여인의 삶을 옆에서 지켜보며 산문시로 풀어낸 이 시는 뛰어난 정경 묘사로 읽는 이의 마음을 애잔하고 쓸쓸하게 한다. 오장환 시의 새로운 면을 보게 하는 독특한 시다.

🍎 시어풀이

- 소복 : 하얗게 차려입은 옷.
- 등의자 : 등나무의 줄기로 만든 의자.
- 토테버선 : 돌 전후의 어린이용으로 누벼서 만든 버선에 수를 놓은 타래버선을 가리키는 듯.
- 더치다 : 나아가던 병세가 더하여지다. 병이 도지다.
- 낙화생 : 땅콩.
- 물자마리 : 물잠자리.
- 가시낭구 : 가시나무.
- 영계 : 병아리보다 조금 큰 어린 닭. 약병아리.
- 사태 : 배 속에서 죽어 나온 태아.
- 소절수 : 약속어음, 수표의 일본어.
- 실과 : 먹을 수 있는 열매의 총칭.
- 산기 : 아이를 낳을 기미.
- 삼칠일 : 세이레. 아이를 낳은 지 스무하루가 되는 날. 이날 금줄을 거둠.

4부 길손의 노래

구름과 눈물의 노래

성(城)돌에 앉아
우리 다만
구름과 눈물의 노래를 불러보려나.

산으로 산으로 따라 오르며
초막들 죄그만 죄그만 속에
그 속에 네 집이 있고
네 집에서 문을 나서면 바로 성 앞이었다.

어디메인가
이제쯤은
너 홀로 단소 부는 곳……

어둠 속 성(城)줄기를 따라 내리며
오로지 마음속에 여며두는 것
시꺼먼 두루마기 쓸쓸한 옷깃을 펄럭거리며
박쥐와 같이

다만 박쥐와 같이 날아보리라.

　성(城)돌에 앉아
우리 다만
구름과 눈물을 노래하려나

　산마루 축대를 쌓고
띄엄띄엄 닦아놓은
새 거리에는
병든 말이 서서 잠잔다.

　눈감고 귀 기울이면 무엇이 들려올까
들컹거리고 돌아가는 쇠바퀴 소리
하염없이 돌아가는 폐마(癈馬)의 발굽 소리뿐.

　성(城)돌에 앉아
우리 다만
페가수스와 눈물의 노래를 불러보려나.

이 시는 날개 돋친 천마처럼 마음껏 활개
치며 살고 싶은 갈망과 그러지 못한 채 박쥐
나 병든 말처럼 살며 허무하고 눈물 나는 노
래를 불러야 하는 안타까운 현실을 슬프게 노래하고 있다.

이 시는 1연부터 4연까지, 5연부터 8연까지 크게 두 개의 의
미 단락으로 나뉘어 있다. 두 개의 의미 단락은 각각 성돌에 앉
아 구름과 눈물의 노래를 부르는 것으로 시작한다. 구름은 허무
함을, 눈물은 슬픔을 의미하는 것으로 본다면 시인은 여기에서
구름처럼 허공을 떠도는 허무하고 눈물 나는 노래를 부르고 있
다는 뜻이다.

앞의 의미 단락에서 너는 외롭게 단소를 불고 있다. 너는 외
롭고 나는 쓸쓸하다. 너의 집과 나 사이에는 성이 가로놓여 있
다. 너와 나 사이를 가로막고 있는 성돌에 앉아 우리는 허무하
고 눈물 나는 노래를 부르고 있다. 나는 시꺼먼 두루마기 쓸쓸
한 옷깃을 펄럭거리며 박쥐와 같이 날고자 한다. 박쥐는 어두운
상황 속에서만 겨우 움직이고 활동하는 내면의 자아를 상징하
고 있다.

두 번째 의미 단락에는 서서 잠자는 병든 말이 등장한다. 거
리는 새로 닦여졌는데 말은 병들어 있다. 마음껏 달리고 싶은데
병든 채 서 있는 말과 같은 서정적 자아의 모습을 떠올리게 한
다. 그래서 "우리 다만/페가수스와 눈물의 노래를 불러보려나"

하고 자조 섞인 목소리를 낸다. 시인은 페가수스와 같은 서정적 자아를 지니고 있었을 것이다. 날개가 달린 천마처럼 하늘을 날며 활개치고 싶은 욕망을 지니고 있었을 것이다. 그러나 그럴 수 없는 현실 때문에 눈물의 노래를 부르고 있는 것이다.

🍎 시어풀이

• 초막 : 풀이나 짚으로 지붕을 이어 조그마하게 지은 막집.
• 단소 : 대로 만들며 통소보다 좀 짧고 가는 피리의 한 가지.
• 폐마 : 더 이상 활동할 수 없게 된 말.
• 페가수스 : 그리스 신화에 나오는 날개가 돋친 천마.

4부 길손의 노래

고향 앞에서

　흙이 풀리는 내음새
강바람은
산짐승의 우는 소릴 불러
다 녹지 않은 얼음장 울먹울먹 떠내려간다.

　진종일
나룻가에 서성거리다
행인의 손을 쥐면 따듯하리라.

　고향 가차운 주막에 들러
누구와 함께 지난날의 꿈을 이야기하랴.
양귀비 끓여다 놓고
주인집 늙은이는 공연히 눈물지운다.

　간간이 잰나비 우는 산기슭에는
아직도 무덤 속에 조상이 잠자고
설레는 바람이 가랑잎을 휩쓸어간다.

예제로 떠도는 장꾼들이여!

상고(商賈)하며 오가는 길에

혹여나 보셨나이까.

전나무 우거진 마을

집집마다 누룩을 디디는 소리, 누룩이 뜨는 내음새……

「고향 앞에서」는 1940년 4월 『인문평론』에 발표한 작품인데 처음 제목은 「향토망경시」였다.

언 땅이 녹고 흙이 풀리는 냄새가 번져올 때면 이른 봄이다. 화자는 겨우내 얼어붙은 객지를 떠돌았을 것이다. 강바람에서는 산짐승 우는 소리가 난다. 그 바람이 아직 다 녹지 않은 얼음을 떠내려 보낸다. 흙은 정착과 귀향의 이미지를 내포하고 있다. 바람은 유랑과 유목의 이미지에 가깝다. 화자는 지금 흙냄새를 먼저 느낀다. 화자의 삶의 지향이 어느 쪽으로 기울어져 있는지를 알 수 있다. 화자의 주위에는 봄의 이미지와 겨울의 이미지가 공존한다. 그러다가 겨울의 이미지를 떠내려 보낸다. 아쉬운 듯 울먹이는 듯 얼음이 녹으면서 떠내려간다. 냉혹하고 차갑고 절망적이고 죽음의 계절이던 겨울과 얼음장이 떠내려가고 따뜻하고 정겨웁던 희망의 계절이며 생명의 계절인 봄과 흙냄새가 화자를 에워싼다.

그것들이 교차하는 나룻가에서 그는 진종일 갈등을 한다. 나룻가는 방황과 돌아옴, 출향과 귀향이 교차하는 곳이다. 떠나는 사람과 돌아오는 사람들이 만나는 곳이다. 화자는 하루 종일 그곳에 서 있다. 그러다가 화자는 행인의 손을 쥐면 따뜻할 것이라고 생각한다. 보헤미안 시절 내내 항구나 바다 쪽을 향해 있던 마음이 사람 쪽으로 돌아오고 있는 것이다. 외롭고 춥던 마음이 따뜻함에 대한 바람을 갖는 마음으로 변화한다. 따뜻한 행인의 손을 잡은 것은 아니다. 따뜻할 것이라는 '미래 가정'에 머물러 있다.

화자는 아직 고향사람들 곁이나 고향에 완전히 돌아가지 못하였다. "고향 가차운" 주막에 있다. 주막은 사람들의 떠들썩함과 흥분이 있는 곳이다. 대화가 있고 소통이 있는 곳이다. 거기 주막에 들러 누군가와 지난날 방황하면서도 버리지 않았던 꿈에 대해 이야기하고 싶어 한다. 주막의 주인집 늙은이가 양귀비 끓여다 놓고 괜스레 눈물 지우고 있는 걸 본다. 양귀비를 끓여 먹으면서 이렇게라도 모질게 살아야 하는 병든 자신 때문에 눈물 흘리는지 모른다. 아직도 고향으로 가는 길에는 그런 사람들을 거쳐야 한다. 무덤 속에 잠자는 조상도 생각지 않을 수 없다.

그러나 그것보다 먼저 주막에서 만난 장꾼들에게 묻고 싶어 하는 게 있다. 혹시나 고향을 보았는지, 전나무 우거진 고향 마을을 보았는지, 고향은 전나무처럼 아직도 옛 모습을 간직하고 있는지, 아직도 누룩을 디디는 소리가 들리는지, 아직도 고향에는 누룩이 뜨는 내음새가 나는지 그것을 묻고 싶어 한다. 누룩 냄새는 고향 냄새이다. 누룩으로 술을 빚었던 것을 생각하면 그 냄새는 삶의 여유가 아직 남아 있다는 것을 알려주는 냄새이며 즐거움과 도취와 넉넉함의 냄새이다. 그런 삶의 냄새, 공동체의 냄새를 그리워하고 있는 것이다. 「고향 앞에서」는 방황에서 정

착으로, 출향에서 귀향으로 변화하는 징검다리 역할을 하는 시
이다.

🍎시어풀이
• 잰나비 : 원숭이.
• 상고하다 : 장사하다.

강을 건너

모닥불. 모닥불. 은은히 붉은 속. 차차 흙 밑에는 냉기가 솟고. 재 되어 스러지는 태(胎). 강 건너 바람이, 날 바보로 만들었구려. 파락호 호주(胡酒)에 운다. 석유불 끔벅이는 토담방 북데기 깐 토담방 속에. 빽빽이는 갓난애. 갓난애 배꼽줄 산모의 미련을 끊어. 모닥불. 모닥불 속에. 은은히 사그라진다

눈 녹아. 지평 끝, 쫓아오는 미더운 숨결. 아직도 어두운 영창의 문풍지를 울리며. 쑤성한 논두렁. 종다리 돌을 던지며. 고운 흙. 새 풀이 나온다. 보리. 보리. 들가에 흩어진 농군들. 봄밀. 봄밀이, 솟쳐오른다. 졸. 졸. 졸. 하늘 있는 곳 구름 이는 곳. 샘물이 흐르는 소리.

해마다, 해마닥. 강을 건너며. 강을 건너며. 골짜기 따라 오르며. 며칠씩, 며칠씩, 불을 싸질러. 밤하늘 끄실렀었다. 풀 먹는 사슴이. 이슬 마시는 산토끼. 모조리 쫓고. 조상은 따비 이루고. 무덤 만들고. 시꺼먼 뗏장 위에 산나물 뜯고. 이 뒤에사 이 뒤에사 봄이 왔었다.

어찌사 어찌사 울을 것이냐. 예성강이래도 좋다. 성천강이래
도 좋다. 두꺼운 얼음장 밑에 숨어 흐르는 우리네 슬픔을 건너.
보았느니. 보았느니. 말없이 흐르는 모든 강물에. 송화. 송화.
송홧가루가 흥건히 떠내려가는 것. 십일평야(十日平野)에 뿌리
를 박고. 어찌사 울을 것이냐. 꽃가루여. 꽃수염이여.

봄이 어떻게 오는가, 새 생명이 어떻게 시작하는가를 아주 잘 보여주는 시다. 겨울을 이기고 봄이 오는 모습을 이야기하고자 하는 이 시의 1연은 봄 이야기가 아니라 태를 태우는 것으로 시작한다. 쾌적하고 안락한 실내에서 축복받으며 태어나는 새 생명을 이야기하는 게 아니라 짚이나 풀이 뒤섞인 북데기를 깐 토담방에서 아이는 태어난다. 아버지로 보이는 남자는 중국술을 마시며 울고 있다. 강 건너에서 불어오는 바람을 맞으며 바보가 된 자신에 대해 탄식하는 목소리도 들린다. 모닥불에 갓난애의 탯줄과 태를 태우며 울고 있는 분위기는 스산하기 짝이 없다.

그런 모습을 지켜보던 화자는 시선을 밖으로 돌린다. 아직도 바람은 어두운 영창의 문풍지를 울리지만 들에는 새 풀이 돋아나온다. 어두운 흙이 아니라 "고운" 흙을 뚫고 나온다. 들에는 봄밀이 솟구쳐 오른다. 새 풀과 봄밀도 새 생명이다. 척박한 환경에서 태어난 아기도 새 생명이지만 얼어붙었던 동토에서 솟아나는 이것들도 새 생명이다. 화자는 이런 새 생명들에 눈을 주고 샘물이 졸졸졸 흐르는 소리에 귀 기울인다.

해마다 봄이 오는 들판에 불을 질렀던 생각을 떠올린다. 그 불은 탯줄을 태우는 모닥불에서 연상된 불일 것이다. 들판에 불을 지르는 것은 봄 농사를 시작하기 위한 준비 중의 하나다. 논둑 밭둑에 숨어 있는 벌레와 해충을 제거하면서 농사지을 준비를 하는 것이다. 그렇게 지른 들불에 시꺼멓게 탄 뗏장 위로 산나물이 돋아나면 그걸 뜯어 연명하며 봄을 기다리곤 했던 것이다. "이 뒤에사 봄이 왔었다"고 화자는 말한다.

그러면서 "어찌사 어찌사 울을 것이냐" 이렇게 말한다. 눈이 녹고 강이 풀리고 그렇게 모든 강물은 말없이 흐르는 것을 보라고 한다. 그 강물 위에 송홧가루가 흥건히 떠내려가는 아름다운 모습을 보라고 한다. 슬픔의 강물 위에 노랗게 내려앉은 아름다운 송홧가루. 이는 새 생명의 꽃가루받이를 시작하는 모습이며, 새 생명이 태어나고 이어지는 아름다운 장면이 아닌가 하고 말하는 것이다.

"두꺼운 얼음장 밑에 숨어 흐르는 우리네 슬픔"을 이렇게 건너가야 하지 않겠는가 하고 넌지시 말하는 듯하다. 이 시는 호주를 마시며 우는 파락호에게 "어찌사 울을 것이냐" 라는 말을

🍎 시어풀이
- 태 : 모체 안에서 아이를 싸고 있는 태반 및 탯줄을 일컬음.
- 파락호 : 행세하는 집 자손으로 난봉이 나서 결딴난 사람.
- 호주(胡酒) : 중국 술. 호(胡)는 옛날에 중국에서 오랑캐를 일컫던 말.
- 북데기 : 짚 풀 잡물 따위가 함부로 뒤섞여 엉클어진 뭉텅이.
- 영창 : 방을 밝게 하기 위해 방과 마루 사이에 낸 두 쪽의 미닫이창.
- 쑤성하다 : 들쑤셔 어수선하다.
- 따비 : 쟁기보다 좀 작고 보습이 좁게 생긴 농기구의 하나. 풀뿌리를 뽑거나 밭갈이에 쓰는데 여기서는 따비로나 갈만한 좁은 밭을 의미함.
- 뗏장 : 흙을 붙여 떠 낸 잔디 조각.

한 번 더 건네며 마무리를 짓는데 그 말 뒤에 "꽃가루여. 꽃수염이여"가 붙어 있다. 새 생명을 한 번 더 강조하는 것이다. 아마도 울음과 관련된 이런 시적 흐름은 빽빽이며 우는 갓난아이의 울음에서 출발했는지도 모르겠다.

FINALE

경이(驚異)는 아름다웠다. 모두가 다스한 숨결. 비둘기 되어 날아가누나. 하늘과 바다. 자랑스런 슬픔도. 고운 슬픔도. 다 삭은 이정표. 이제는 무수한 비둘기 되어.

그대 섰는 발밑에. 넓고 설운 강물은 흘러가느니……. 사화산(死火山)이여! 아 이 땅에 다다른 왼 처음의 산맥. 내 슬픔이 임종하노라. 내 보람 임종하노라. 내 먼저 눈을 다 가린다. 나의 피앙세—.

영영 숨을 모으는 그의 머리맡에서 내 먼저 눈을 가린다. 즐거이 부르던 네 노래 부를 수 없고. 고운 얼굴 가리울 희디흰 장미 한 가지 손 앞에 없어……

자욱한 안개. 지줄지줄 지줄거리는 하늘 밑에서. 학처럼 떠난다. 외롬에 하잔히 적시운 희고 쓸쓸한 날개를 펴, 말없이 카오스에서 떠나가는 학.

두 줄기 흐르는 눈물 어찌 다 스며드느냐. 한철 뗏목은 넓고 설운 강물에 흘러내리어 위태로운 기슭마다. 차고 깨끗한 이마에 한 줄기 고운 피 흘리며. 떠나는 님을 보내며. 두 줄기. 스미는 눈물. 어찌라 어찌라 나 홀로 고향에 머물러 옷깃을 적시나니까.

 임을 떠나보내며 슬퍼하는 마음을 노래한 이 시는 "경이(驚異)는 아름다웠다"로 시작한다. 왜 놀라움을 아름다웠다고 했을까? 이 시에서 놀라움이라고 생각한 일은 무엇일까? 문맥에 나타나는 대로 살펴보면 모든 것이 날아가는 것 그게 놀라운 일이다. 다스한 숨결도 비둘기처럼 날아가고 하늘, 바다, 자랑스런 슬픔, 고운 슬픔도 어디로 가야 할지 방향을 잃은 채(다 삭은 이정표가 되어) 비둘기처럼 날아가는 것이 놀라운 일이다.

2연에서 보면 강물은 서러움으로 흘러간다. 내 슬픔도 사화산처럼 다 타서 끝이 나고, 슬픔과 함께 보람도 죽어버린다. 그래서 너무 슬픈 나머지 내가 먼저 눈을 감는다.

그 이유가 3연에 나온다. 나의 피앙세 즉 나의 사랑하는 사람이 영영 숨을 모으는 걸 보았기 때문이다. 그래서 그의 머리맡에서 눈을 가린다. 네가 죽었기 때문에 즐거이 부르던 네 노래를 부를 수 없고, 네 죽어가는 모습을 가려줄 흰 장미 한 가지 없어 눈을 감고 만다.

떠나가는 너와 남아 있는 나 사이에 안개가 자욱하게 깔려 있다. 안개 가득한 하늘 위로 너는 희고 쓸쓸한 날개를 편 학처럼 떠나가고 있다. 이 혼돈과 무질서의 상태를 뒤로 한 채 말없이 떠나가고 있다. "차고 깨끗한 이마에 한 줄기 고운 피 흘리며" 님은 떠나고, 떠나는 님을 보내며 고향에 남아 "두 줄기 스미는 눈물"을 흘린다. 님의 죽음을 고운 모습으로 기억하고 싶어 하는 화자의 심정이 한 줄기 '고운' 피라는 표현을 하게 했을 것이다. 피앙세인 님은 차고 깨끗한 이미지를 지닌 이였다고 기억하고 있다. 그런 님을 보내며 두 배 더 슬퍼하고 있기 때문에 한 줄기 피, 두 줄기 눈물이라고 표현했을 것이다. 그래서 님의 죽음을 아름다운 일이라고 역설적으로 표현한 것이리라.

🍒 시어풀이

- FINALE : 최종. 마지막. 한 악곡의 마지막 악장. 연극의 마지막 막. 대단원.
- 경이 : 놀랍고 신기하게 여김.
- 원 : 온. 전부. 전체.
- 피앙세 : 약혼자.
- 하잔히 : '허전히'의 약한 말.
- 카오스 : 우주가 발생하기 이전의 원초적인 혼돈과 무질서의 상태.

4부 길손의 노래

첫서리

깊은 산 골짜구니에
숯 굽는 연기,
구름과 함께 사라지다
구름과 함께

얕은 집 울안에
장대를 들어 과일 따는 어린애
날마다 사다리 놓고
지붕 위에 올라가더니

홍시 찍어먹는 가마귀, 검은 가마귀
가 소년을 부른다.
무서리 내린 지붕 위에
멀고 먼 하늘이 있다
구름이 있다.

숯을 굽는 집은 깊은 산골짜기에 있다. 굴참나무, 떡갈나무, 상수리나무가 근처에 많이 있어야 그 나무들을 베어 참숯을 만들 수 있기 때문에 대개 마을에서 멀리 떨어진 산골에서 숯 굽는 일을 하며 살아간다. 그들은 대개 가난한 사람들이다. 산속에서 힘들게 일하며 외롭게 살아간다.

화자는 어떤 일로 그곳을 지나가다 숯 굽는 연기가 오르는 모습을 보았을 것이다. 그 연기가 하늘 높이 올라 구름이 있는 곳까지 갔다가 구름과 함께 사라지는 것을 보았을 것이다. 그러다 지붕도 야트막한 가난한 집이 눈에 들어왔을 것이다.

거기서 장대를 들어 감을 따는 어린애가 눈에 들어왔을 것이다. 친구도 없이 외롭게 지내는 어린애를 다만 까마귀가 동무해 주고 있다. 까마귀는 홍시를 찍어먹다가 소년을 부르곤 한다. 까치밥으로 남겨둔 홍시 위로 무서리가 내리고 숯 굽는 골짜기에도 겨울이 몰려올 것이다. 지붕 너머 멀고 먼 하늘을 본다. 구름이 흘러가고 있다. 쓸쓸하고 외롭지만, 외로워서 아름다운 한 폭의 풍경화가 펼쳐져 있다.

고향이 있어서

잠자는 약을 먹고서
나타샤는 고이 잠들고
나만 살았다.

나타샤는 마우재, 쫓긴 이의 딸
나 혼자만 살았느냐
고향이 있어서……

또다시
메르치요. 메르치요. 메르치요. 메르치.
매양 힘에 겨운 사무를 보고
점심 시간 지붕 위에 나오는 즐거움

나타샤의 어머니와 마주 앉으면
우리 옛날은 모조리 잊으십시다.
어두운 지붕 속에서……

엄마가 주무시던 방
높은 다락 안에서
능금이 썩는 향내에 잠을 못 한 밤이 있었습니다.

안개 낀 거리를 내려다보며
우리 다아만 눈물 속에
달큼한 입맛을 나눠봅시다.

나타샤와 나의 쓸쓸한 사랑엔
오직 눈물밖에 나눌 것이 없었느니
차디찬 방 안에
둘이서 웃기사 했소.

임자 없는 그의 생일날
스물하나의 기인 촛불을 쓰고
조선백지에는 붓글씨로다
나타샤, 베드로프나의 이름을 적어
고요히 사루어버립시다.

지난날의 풍습이지요.
고향이 있어서……

나타샤는 고이 잠들고
나만 살았다.
나 혼자만 살았느냐
고향이 있어서……

아버님
내가 혹시 고향에 가면, 그리고 그때가 겨울이라면
고이 쌓인 눈을 헤치고라도
평생에 좋아하시는 술. 고진음자 술.
그 대신에 성냥불만 그어도 불이 붙는 술.

웟카, 웟카
이제 와선
마우재의 화주를 뿌려 드리우리다. 고향이 있어서……

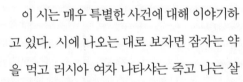 이 시는 매우 특별한 사건에 대해 이야기하고 있다. 시에 나오는 대로 보자면 잠자는 약을 먹고 러시아 여자 나타샤는 죽고 나는 살아났다. 잠자는 약을 같이 먹고 함께 죽으려고 했던 것으로 보인다. 나타샤와 나는 사랑하는 사이였다. 그러나 그 사랑은 쓸쓸한 사랑이었다. "오직 눈물 밖에 나눌 것이 없는" 사랑이었다. 차디찬 방 안에 둘이서 웃기는 했지만 가난하고 힘든 사랑이었다.

동반 자살을 시도했다가 여자는 죽고 자기는 살아남은 이유를 화자는 "고향이 있어서……" 라고 말한다. 고향에 누가 있기 때문일까 어머니와 아버지가 있기 때문이라는 암시가 여러 번 등장한다.

살아남은 일이 고마운 일이며 다행한 일이었음을 메르치라는 말을 여러 번 반복하는 것으로 표현한다. 나타샤의 어머니와 마주 앉으면 아픈 옛날을 모조리 잊자고 말을 한다. 그리고 나타샤의 생일날 그의 나이에 맞춘 스물 한 개의 촛불을 켜고 소지를 올린다. 소지는 옛날부터 전해오는 우리의 풍습으로 신령 앞에서, 부정(不淨)을 없애고 소원을 비는 뜻으로 얇은 종이를 불살라서 공중으로 올리는 일을 말한다. 종이에 나타샤의 이름을 적어 촛불에 사르면서 그녀의 명복을 빌고 영혼이 하늘나라로 잘 올라가기를 바라는 것이다.

4부 길손의 노래

고향 때문에 죽지 않고 살아남은 것은 아닌가 하는 생각을 다행스러워하기도 하지만 "고향이 있어서……"라는 말에는 약간 자조 섞인 목소리가 느껴지기도 한다. 그래서 혹시 고향에 가면 평생 술을 좋아하시던 아버지를 생각하며 아버지 묘에 성냥불만 그어도 불이 붙는 독한 러시아 술을 뿌려드리겠다고 말한다. 성냥불만 그어도 불이 붙는 것은 술만이 아니라 화자의 마음도 그와 같을 것이다.

🍎 **시어풀이**

- 마우자 : 러시아 사람.
- 메르치 : 감사하다는 말. 고마운 일. 행운.
- 매양 : 번번이.
- 고진음자 : 정력을 돕는 약.
- 웍카 : 스코틀랜드 술인 조니 워커를 가리키는 것으로 보임.
- 화주 : 소주·위스키처럼 알코올 도수가 높은 술. 또는 불을 붙이면 탈 수 있을 정도로 독한 증류주.

연화시편(蓮花詩篇)

곡식이 익는다. 풀섶에 벌레가 운다. 이런 때 연잎은 지는 것이다. 차고 쓸쓸한 꽃잎 하나 줄기에 붙이지 않고 연잎은 지는 것이다.

일년 가야 쇠통 맑은 적 없는 시꺼먼 시궁창 속에 거북은 보는 게었다.

봄철 갈라지는 얼음장, 여름 찾아 점벙대던 개구리 새끼. 모든 것이 침전하였다. 모든 게 오직 까라앉을 뿐이었었다.

연잎이 시들면, 연잎이 시들면, 심심한 수면 위에 또 한 해의 향기는 스미어들고

물속에 차차로 가라앉는 오리털,

이 속에 손님이 오는 것이다. 아무런 표정도 없이 아무런 기맥도 없이 밤이슬은 내리어 서리가 된다.

소 몰고 돌아가는 저녁길, 저녁길의 논두렁 위에 푸뜩푸뜩 풍장치며 흩어지는 농사꾼.

오곡이 익은 게었다. 곡식이 익은 게었다.

웅덩이에는 낙엽이 한 겹 물 위에 쌓이더니 밤마다 풀섶에는 가을벌레가 울고, 낙엽이 다시 모조리 가라앉는 날, 죄그만 어족들은 보드라운 진흙 속에 연뿌리 울타리 하여 길고 긴 겨울잠으로 빠지는 것이었었다.

한때는 그 넓은 이파리에 함촉 이슬을 받들었을 연잎조차 잠자는 미꾸리와 거머리의 등을 덮는 것이나, 두 눈 감고 깊은 생각에 잠기인 거북이의 등 위엔, 거북이의 하늘 위엔 살얼음이 가고 그것이 차차로 두꺼워질 뿐.

까만 머리 따 늘이는 밤하늘에도 총총하던 별 한 송이, 별 한 송이 비최지 않고 희부연 얼음장에는 붉은 물 든 감잎이 끼어 있을 뿐.

한겨울은 다시 얼어붙은 웅덩이에 눈싸리를 쌓아 엎으나 어둠 속에 가라앉은 거북이는, 목을 늘여, 구정물 마시며, 반년 동안 밤이 이웃는 아라사의 옥창(獄窓)과 같이, 맛없는 울음에 오! 맛없는 울음에 보드라운 회한의 진흙구덩이 깊이 헤치며 뜯어먹는 미꾸리와 거머리.

두꺼운 얼음장 밖으로 연이어 연이어 깜깜한 어둠이 흐른다 해도, 구름 속에 상현달이 오른다 해도 거북이의 이고 있는 하늘엔 희부연 얼음장이 깔려 있을 뿐, 한 사리 싸락눈이 쌓여 있을 뿐.

이 시는 연꽃이 피었다 진 연못의 풍경을
노래하고 있다. 곡식이 익을 때니까 계절은
늦가을이다. 풀섶에 벌레가 우는 늦가을, 연
잎은 진다. 연꽃은 아름답지만 연꽃이 자라는 곳은 시꺼먼 시궁
창이다. 거북이나 개구리, 미꾸라지, 거머리가 사는 웅덩이다.
연꽃이 진 뒤 오랫동안 그곳을 지킨 연잎도 진다.

"연잎이 시들면, 심심한 수면 위에 또 한 해의 향기는 스미어
들고//물속에 차차로 가라앉는 오리떼" 연잎이 지면서 한 해가
가는 풍경을 이렇게 아름답게 묘사하고 있다.

늦가을은 수확하는 때라서 소를 몰고 돌아가는 저녁 길에 농
사꾼들은 풍장을 친다. 그러나 웅덩이 물 위에 낙엽이 쌓이고
다시 가라앉는 동안 물고기들은 진흙 속의 연뿌리를 울타리로

시어풀이

- **쇠통** : 전혀. 온통.
- **점벙** : 큰 물체가 물에 부딪치거나 잠길 때 나는 소리. 또는 그 모양.
- **기맥** : 서로 통하는 낌새나 분위기.
- **풍장치다** : 농악을 연주하다. 풍장은 농악에 쓰는 꽹과리·태평소·소고·북·장구·
  징 따위의 일컬음. 풍물.
- **함촉** : 함초롬히.
- **이웃다** : 잇다. 끊어지지 않게 계속하다.
- **아라사** : 러시아.
- **사리** : 국수·새끼·실 따위를 사리어 감은 뭉치.
- **싸락눈** : 빗방울이 갑자기 찬바람을 만나 얼어서 떨어지는 쌀알 같은 눈.

4부 길손의 노래

하여 긴 겨울잠에 빠져든다. 지상의 연잎은 시들어 사라지지만 연뿌리는 진흙 밑에서 물고기들의 울타리가 되어주고 있는 것이다.

그 얼어붙은 웅덩이 위로 싸락눈이 쌓이고 어둠이 흐르고 구름 속에 상현달이 오른다. 다만 그 얼음장 밑에서 거북이는 탁한 물을 마시고 진흙 구덩이를 헤쳐 미꾸라지와 거머리를 잡아먹으며 겨울을 난다.

여정(旅程)

또 한 번 멀리 떠나자.
거기
항구와 파도가 이는 곳,
오후만 되면 회사나 관청에서 물밀듯 나오는 사람
나도 그 틈에 끼어 천천히 담배를 물고
뒷골목에 삐끔삐끔 내다보는
소매치기, 행려병자, 어린 거지를 다려다보며
다만 떠내려가는 널판쪽 모양 몸을 맡기자.

거기,
날마다 드나드는 이국선과 해관(海關)의 창고가 있는 곳
나도 낯설은 거리에 서서
항구와 물결과는 아무런 관계가 없는, 회사원이나 관청 사람
과 같이
우정 그네들을 따라가 보자.
그러면,
항상 기계와 같이 돌아가는 계절 가운데

우수가 지나고 경칩이 지나

고향에서는 눈 속에 파묻힌 보리 이랑이 물결치듯 소곤대며

머리를 들고

강기슭 두터운 얼음장이 터지는 소리,

이때의 나는 무엇이 제일 그리울 거냐.

찾아온 발길이 아주 맥히는 바닷가에서

그때, 나의 떠나온 도정이 무엇인가를 생각해 보자.

신개지(新開地) 비인 터전에

새로이 포장 치는 곡예단의 쇠망치 소리.

내가 무에라 흐렁흐렁 울어야는지,

우두머니 그저 우두머니

밤과 낮, 둘밖에 없는 세상에

어째서 나 홀로 집을 버렸나. 집을 버렸나.

오장환의 시에서 현실에 절망한 시적 자아가 자주 찾아가는 곳 중의 하나가 '항구'와 '바다'다. 도시를 떠나 항구를 찾아간다. 항구를 찾아가게 하는 이유가 이 시에도 나와 있다. "소매치기, 행려병자, 어린 거지" 이런 주변부 인생들의 모습을 들여다보다가 떠나고자 하는 열망에 몸을 맡긴다. 근대 도시가 생기면서 형성된 이런 부정적인 단면들이 마음에 들지 않는 것이다. 그래서 낭만주의 보헤미안이 되어 항구를 찾아가는 것이다. 이 시에서 보듯이 항구는 "찾아온 발길이 아주 맥히는" 곳이면서 동시에 "신개지(新開地)"가 새롭게 열리는 곳이다. 거기까지 걸어온 발길이 끝나는 곳이면서 새로운 세상이 시작되는 곳, 항구는 그런 양면성을 갖는 곳이다.

"항구란 끊임없이 떠나고 다시 돌아오는 공간이다. 그곳은 오랫동안 머물기 위해서 사람들이 모이는 곳이 아니라, 잠시의 휴식을 위해서 찾아오는 공간이다. 항구는 이국적인 정서, 새로운 문화의 감수성이 재래적인 것과 갈등을 일으키기도 하고 타락한 삶의 모습이 구체적으로 포착되는 현장이 되기도 한다"고 백수인 교수는 말한다.

"다만 떠내려가는 널판쪽 모양 몸을 맡기"고 항구를 찾아가는 시적 화자는 보헤미안이다. 보헤미안 중에서도 낭만적 보헤미안이다. 집과 도시라는 닫힌 공간을 떠나 항구라는 열린 공간을 찾아가지만 떠남이 결별이 아니고 돌아올 과정 중에 하나이 기 때문에 낭만적 보헤미안인 것이다.

떠나면서도 돌아갈 고향을 생각한다. 그리움의 대상을 생각 한다. "밤과 낮, 둘밖에 없는 세상"을 탓하면서 떠났을 뿐이다. 밤과 낮, 어둠과 밝음, 절망과 희망, 동화되거나 저항하거나 둘 중의 하나를 선택해야 하는 세상, 이분법적 선택만을 강요하는 세상이 견딜 수 없어 어디론가 떠나게 되는 것이다. 그래서 보 헤미안이 되었던 것이다.

🍎 **시어풀이**

- 해관 : 항구에 설치한 관문. 중국 청나라 때, 개항장에 설치했던 세관.
- 우정 : 일부러.
- 도정 : 여행의 경로. 여정(旅程).
- 신개지 : 새로 논밭으로 일군 땅, 새로 건설한 시가.
- 흐렁흐렁 : 몸을 흔드는 듯이 움직이며 크게 흐느껴 우는 모양을 나타내는 말.
- 우두머니 : 우두커니(정신없이 또는 얼빠진 듯이 멀거니 서 있거나 앉아 있는 모양을 나타내는 말).

귀촉도(歸蜀途)

정주(廷柱)에 주는 시

파촉(巴蜀)으로 가는 길은
서역 삼만 리.
뜸부기 울음 우는 논두렁의 어둔 밤에서
길라래비 날려보는 외방 젊은이,
가슴에 깃든 꿈은 나래 접고 기다리는가.

흙먼지 자욱히 이는 장거리에
허리끈 끄르고, 대님 끄르고, 끝끝내 옷고름 떼고,
어두컴컴한 방구석에 혼자 앉아서
창 너머 뜨는 달, 상현달 바라다보면 물결은 이랑 이랑
먼 바다의 향기를 품고,
파촉의 인주(印朱)빛 노을은, 차차로, 더워지는 눈시울 안
에—

풀섶마다 소해자(小孩子)의 관들이 널려 있는 뙤의 땅에는,
너를 기다리는 일금 칠십원야의 샐러리와 죄그만 STOOL이
하나

집을 떠나고, 권속마저 뿌리이치고,
장안 술 하룻밤에 마시려 해도
그거사 안 되지라요, 그거사 안 되지라요.

파촉으로 가는 길은
서역 하늘 밑.
둘러보는 네 웃음은 용천병의 꽃 피는 울음
굳이 서서 웃는 검은 하늘에
상기도, 날지 않는 너의 꿈은 새벽별 모양,
아 새벽별 모양, 빤작일 수 있는 것일까.

이 시는 서정주의 「귀촉도」에 화답하는 시다. 부제에도 '정주에게 주는 시'라고 명시하고 있다. 서정주의 「귀촉도」는 사별한 임에 대한 그리움과 못다 한 사랑에 대한 회한, 임의 죽음에 대한 비통한 심정을 여인의 처절한 어조로 표현한 작품이다. 시의 전문은 다음과 같다.

눈물 아롱아롱
피리 불고 가신 임의 밟으신 길은
진달래 꽃비 오는 서역(西域) 삼만리
흰 옷깃 여며여며 가옵신 임의
다시 오진 못하는 파촉(巴蜀) 삼만리

신이나 삼아줄 걸, 슬픈 사연의
올올이 아로새긴 육날 메투리.
은장도 푸른 날로 이냥 베어서
부질없는 이 머리털 엮어 드릴 걸.

초롱에 불빛 지친 밤하늘
구비구비 은핫물 목이 젖은 새.
차마 아니 솟는 가락 눈이 감겨서

4부 길손의 노래

제 피에 취한 새가 귀촉도 운다.

그대 하늘 끝 호올로 가신 임아.

옛날 중국 촉나라 망제가 쫓겨나 촉나라를 그리워하다가 죽어 새가 되었다고 한다. 그래서 촉나라로 돌아가겠다고 울어 그 새를 귀촉도라고 부른다는 전설이 있다. 또한 불경을 구하러 서역으로 떠났던 남자가 3년이 넘도록 소식이 없자 기다리던 여자가 죽어 두견새가 되었다는 중국의 전설도 있다. 사랑하는 임이 떠난 길은 파촉으로 가는 삼만 리, 서역 삼만 리와 같다는 말이다. 그러니까 서역 삼만 리는 한번 가면 되돌아올 수 없는 죽음의 세계를 상징한다. 삼만 리는 죽은 자와 산 자의 거리감을 나타내는 상징적 숫자이기도 하다.

임은 이미 죽었으며, 저승과 이승 사이의 아득한 거리는 건널 수가 없다. 화자의 가슴속에는 다 하지 못한 사랑에 대한 회한이 담겨 있다. 임이 죽고 없으니 더 이상 길고 아름다운 머리칼도 부질없는 것이다. 그 머리칼로 임이 저승길에 신을 미투리나 만들어 줄 것을 하는 후회를 하게 되는 것이다. 그래서 "은장도 푸른 날로 이냥 베어서/부질없는 이 머리털 엮어 드릴 걸" 하는 회한에 젖는 것이다. 밤새 슬프게 울부짖는 귀촉도의 울음은 바로 화자 자신의 울음이라고 할 수 있다.

임을 잃은 슬픔을 소쩍새 울음에 실어 표현한 절창을 접한 뒤 오장환은 그 슬픔을 위로하는 똑같은 제목의 시로 화답한 것이다. 서정주와 오장환은 『시인부락』 동인이다. 1936년 11월 『시인부락』 창간을 준비하면서 박용철의 소개로 만나 거의 매일 같이 어울려 지냈다. 그런 교유의 바탕 위에서 이 시도 태어났다. 임을 잃고 회한에 젖어 우는 화자의 심정에 공감하며 날개 젖은 꿈, 상실감에 괴로워하는 친구를 위로하고 싶었을 것이다.

파촉의 인주빛 노을로 인해 나의 눈시울이 더워지고 있다는 2연의 표현을 보면 서정주의 「귀촉도」를 읽다가 눈시울이 뜨거

🍎 **시어풀이**
- **귀촉도** : 두견새, 소쩍새.
- **서역** : 서쪽 지역. 중국 역사상, 좁게는 지금의 신장성 일대를, 넓게는 중앙아시아·서부 아시아·인도를 이름.
- **파촉** : 중국 사천성과 중경시를 아우르는 지역. 동아시의 문명권의 서쪽 끝.
- **길라래비** : 질라래비. 어린 아이에게 새가 훨훨 날듯이 팔을 흔들라고 시키면서 하는 소리.
- **외방** : 외지. 외국.
- **대님** : 한복 바지를 입은 뒤에 그 바짓가랑이 끝을 접어서 발목에 졸라매는 끈.
- **인주** : 도장을 찍는 데 쓰는 붉은빛의 재료.
- **소해자** : 어린아이.
- **뙤** : 되놈. 중국인을 낮추어 이르는 말.
- **샐러리** : 봉급. 월급.
- **STOOL** : 등이 없는 의자.
- **권속** : 한집안 식구. 아내의 낮춤말.
- **장안** : 서울을 수도라는 뜻으로 일컫는 말.
- **용천병** : 문둥병·지랄병 따위의 몹쓸 병.
- **상기도** : 아직도.

4부 길손의 노래

워지면서 오장환의 「귀촉도」가 쓰여졌음을 알 수 있다. 상실감을 이기지 못해 "집을 떠나고, 권속마저 뿌리이치고,/장안 술 하룻밤에 마시려 해도" 그것만으로는 안 된다고 한다. 겉으로는 웃고 있지만 그 웃음은 "용천병의 꽃 피는 울음"이라고 생각한 것이다. 그래서 아직도 날지 않는 너의 꿈이 새벽별처럼 반짝일 수는 있기를 간절히 바라는 것이다.

모화(牟花)

모화야, 모화
저 여자는 제 몸에 고향을 두고
울기만 한다.
환하게 하얀 달밤에
남몰래 피고 지는 보리꽃 모양

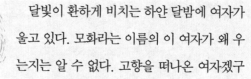

달빛이 환하게 비치는 하얀 달밤에 여자가 울고 있다. 모화라는 이름의 이 여자가 왜 우는지는 알 수 없다. 고향을 떠나온 여자겠구나 하는 생각이 든다. 보리꽃이 남몰래 피고지는 것처럼 그렇게 사는 여자인가 보다 하는 상상도 하게 된다. 눈여겨보지 않으면 보리꽃이 언제 피었다 지는지 알 수 없듯이 그 여자도 그렇게 눈에 잘 띄지 않는 여자다.

그러나 울고 있는 모화를 지켜보는 화자는 그녀 몸에 고향이 있다고 생각한다. 그래서 "제 몸에 고향을 두고/울기만 한다"고 말한다. 모화가 고향을 생각하며 울고 있는 게 아닌가 하는 짐작을 하게 하는데, 화자의 눈에는 그녀의 몸에 우리의 고향이 있다고 생각하는 것이다.

화자가 생각하기에 모화라는 여자가 곧 우리들의 고향인 것이다. 떠돌며 사는 동안 늘 돌아가고자 하는 곳, 언제든지 나를 받아줄 거라고 믿는 곳, 우리가 태어나 살던 곳, 정다운 가족과 편안한 휴식과 정서적 유대와 정겨움과 푸근함과 넉넉함과 정신적 위안이 있는 곳, 그곳이 고향이라면 화자는 모화에게서 그런 고향과 같은 어떤 것을 발견한다는 뜻이리라. 화자에게 모화는 정서적 위안을 받는 정신적 고향과 같은 존재가 아닐까 싶다.

이 시는 짧지만 많은 의미를 담고 있다.

길손의 노래

　입동철 깊은 밤을 눈이 내린다. 이어 날린다.
못 견디게 외로웁던 마음조차
차차로이 물러앉는 고운 밤이여!

　석유불 섬벅이는 객창 안에서
이해 접어 처음으로 내리는 눈에
램프의 유리를 다시 닦는다.

　사랑하고 싶은 사람 그리움일레
연하여 생각나는
날 사랑하던 지난날의 모든 사람들
그리운 이야
이 밤 또한 너를 생각는 조용한 즐거움에서
나는 면면한 기쁨과 적요에 잠기려노라.

　모든 것은 나무램도 서글픔도 또한 아니나
스스로 막혀오는 가슴을 풀고

싸늘한 미닫이 조용히 열면
낯선 집 봉당에는 약탕관이 끓는 내음새

　이 밤 따라
가신 이를 생각하옵네
가신 이를 상고하옵네.

입동 무렵 깊은 겨울밤 첫눈이 내리는 걸 보면서 쓴 시다. 첫눈이 내리는 걸 보면서 마음도 고요해져 그리운 이를 생각하는 동안 조용한 즐거움과 면면한 기쁨과 적요에 잠긴다. 못 견디게 외롭던 마음도 천천히 물러앉으며 차고 낯선 겨울밤도 고운 밤으로 바뀐다.

그리고 첫눈으로 램프의 유리를 닦는다. 깨끗한 첫눈을 받아 램프의 유리를 닦는 행위는 자기 정화의 몸짓이다. 마음도 유리처럼 맑고 투명해질 것이다. 그렇게 고요하고 맑은 상태에서 사랑하고 싶은 사람을 생각한다. 그 그리움은 맑고 투명한 그리움일 것이다. 날 사랑하던 지난날의 모든 사람들과 그리운 이를 생각한다. 그리고 그것은 조용한 즐거움이 된다. 고요하고 맑아진 마음 때문일 것이다. 그 즐거움은 다시 면면한 기쁨과 적요함(고요함)이 된다.

조용한 즐거움과 면면한 기쁨과 고요함은 막혀오는 가슴을 푼다. 이 부분이 오장환의 다른 시와 차이가 나는 점이다. 다른 시는 가슴이 막혀 있는 답답함을 많이 노래했는데 여기서는 풀림을 노래한다. 화자가 처한 현실이 아직도 싸늘하고 낯선 곳이지만 "싸늘한 미닫이 조용히 열면/낯선 집 봉당에는 약탕관이 끓는 내음새"가 번져온다. 낯선 집에서 느끼는 따뜻한 삶의 냄새는 이 시의 절정을 이룬다. 이 냄새는 생존의 항기이다. 삶의

　　　　　　　　　　　　　4부 길손의 노래

의욕을 느끼게 하는 냄새이다. '병든 나', '병든 고향', '병든 역사' 와 같이 병든 상태가 많았던 다른 시들과 비교가 된다.

따뜻한 삶의 냄새를 맡으며 그 밤 가신 이를 골똘히 생각한다. 고요함 때문에 자세히 생각하게 되었을 것이다. 이 시의 전면에 흐르는 이 고요함은 시의 시작 부분에서는 '정중동(靜中動)' 의 상태였다. 고요한 풍경 속에 눈이 내리기 시작하는 조용한 움직임을 보이면서 시작되었다. 그리고 끝 부분은 '동중정(動中靜)' 으로 마무리되고 있다. 정중동에서 시작해서 동중정으로 마무리되는 시의 흐름은 위에서 살펴본 것과 같은 마음의 변화를 따라 이동해간다.

그리고 여섯 부분의 의미 단락은 각각 대칭 구조를 이룬다. 첫 번째 의미 단락과 네 번째 의미 단락은 외로움이 고움으로 변화하고 막힘이 풀림으로 변화하는 '변화의 이미지' 에서 대

시어풀이

- 섬벅이다 : 깜빡이다. 눈꺼풀이 잇달아 움직이며 감겼다 떠졌다 하는 모습.
- 객창 : 나그네가 객지에서 묵는 방.
- 면면하다 : 끊이지 아니하고 끝없이 이어 있다.
- 적요 : 적적하고 고요함.
- 미닫이 : 문이나 창 따위를 옆으로 밀어 여닫는 방식. 또는 그런 문이나 창.
- 봉당 : 안방과 건넌방 사이의 마루를 놓을 자리에 마루를 놓지 않고 흙바닥을 그대로 둔 곳.
- 약탕관 : 한약 달일 때 쓰는 질그릇. 약탕기.
- 상고하다 : 자세히 생각하다.

칭을 이룬다. 두 번째 의미 단락과 다섯 번째 의미 단락은 램프의 유리를 닦는 것과 약탕관이 끓는 내음새라는 뜨거움과 열기 즉 '불의 이미지'에서 대칭을 이룬다. 세 번째 의미 단락과 여섯 번째 의미 단락은 너를 생각하는 것과 가신 이를 생각하는 '그리움의 이미지'에서 대칭을 이룬다. 이 시는 작품성도 뛰어날 뿐만 아니라 시의 형식미에 대한 자각에서도 돋보이는 점이 있다.

절정의 노래

탑이 있다.
누구의 손으로 쌓았는가, 지금은 거칠은 들판
모두 다 까맣게 잊혀진 속에
무거운 입 다물고 한없이 서 있는 탑,
나는 아노라. 뭇 천백 사람, 미지와 신비 속에서
보드라운 구름 밟고
별과 별들에게 기울이는 속삭임.

순시(瞬時)라도 아, 젊은 가슴 무여지는
덧없는 바래옴
탑이여, 하늘을 지르는 제일 높은 탑이여!
언제부터인가
스사로 나는 무게, 아득한 들판에
홀로 가없는 적막을 누르고……

몇 차례나 가려다는 돌아서는가.
고이 다듬는 끌이며 자자하던 이름들

설운 이는 모두 다 흙으로 갔으나
다만 고요함의 끝 가는 곳에
         이제도
한층 또 한층 주소로 애처로운 단념의 지붕 위에로
천년 아니 이천년 발돋움하듯
탑이여, 머리 드는 탑신이여, 너 홀로 돌이여!
어느 곳에 두 팔을 젓는가.

이 시는 해방 전 오장환의 시적 성취의 한 절정을 이룬 작품이다. 오랜 세월 아름답게 서 있는 탑과 순간에 지나지 않는 인간의 유한한 삶을 대비하며 탑을 노래한다. 지금 탑이 서 있는 곳은 거친 들판이다. 폐사지이며 폐허 위다. 그 폐허는 현실의 폐허, 파탄된 현실을 의미한다. 탑은 또한 "고요함의 끝 가는 곳"에 서 있다. "홀로 가없는 적막을 누르고" 적막과 침묵 속에 외롭게 서 있다. 그런 탑을 바라보며 화자는 가슴이 미어진다. 몇 차례나 가려다 돌아서곤 한다.

그러나 그 탑은 "모두 다 까맣게 잊혀진" 세월을 버티어 왔다. "설운 이는 모두 다 흙으로 갔으나" 탑은 그런 시간을 지나왔다, 그런 과거의 시간을 거쳐 현재 폐허 위에서 다만 침묵하며 서 있는 것이다. 그러나 탑 안에는 미래의 시간도 들어 있다. "천 년 아니 이천년을 발돋움하듯" 서 있는 것이다. 과거에서 현재를 거쳐 미래에까지 이르는 탑의 이 시간성, 미래를 향해 몸짓하는 시간 의식은 오장환 시인이 전통을 무조건 부정하기만 한 것이 아니라 전통으로서의 역사에 대한 인식이 탑을 통해 어떻게 굳건해졌는가를 보여준다.

또한 탑은 과거로부터 내려온 무게를 안고 서 있다. 지상의 거친 들판에 고요하게 서 있다. 그러나 공간적으로 "보드라운 구름 밟고/별과 별들에게 기울이는 속삭임"을 들려주며 한 층 또 한 층 밤낮으로 머리를 들고 두 팔을 저으며 서 있다. 폐허 속에 서 있지만 지상에서 천상으로 시적 공간을 확대하며 아름답게 서 있다. 지상에서 천상으로 이동하며 서 있기 때문에 상승하는 이미지를 보여준다.

탑은 이런 역사성과 시간성이 만나는 곳에 서 있다. 탑을 통해 시적, 역사적 시간을 확대해 나가는 것이다. 탑은 전통적인 유산이고 민족적인 문화자산이다. 지금 공간적으로는 거친 들판에 서 있고 시간적으로는 고요하게 침묵하고 있어도 자기 무게를 잃지 않고 미래의 시간까지 유구할 것이라는 역사적 전망을 보여준다.

이 시기 오장환은 조선의 문화유산을 찾아 답사를 다니며 보냈다고 한다. 「절정의 노래」도 폐사지를 답사하다 쓰게 된 것으로 보인다. 우리 고유의 문화유산 속에서 과거를 보고 미래를 생각하며 장기적인 역사적 전망을 찾아보려고 노력했던 것이다. 그렇게 하면서 단 한 편의 친일시도 쓰지 않고 해방이 되는 날까지 병든 몸으로 이겨낸 것이다. 유종호 교수는 시집 『나 사는 곳』에 수록된 이런 시들의 "균질적인 성취도"와 "과도한 영탄이나 기품과 밀도 없는 군소리가 많이 가시고 짜임새도 균형이 잡혀 있는 점", "민족어 기층어휘의 탐구나 구사에서도 괄목할 만한 진전이 보이는 점" 등을 평가하며 "20세기 전반 한국 서정시의 정상 한 모퉁이를 차지하는 시편"이라고 하였다. 이

4부 길손의 노래

「절정의 노래」가 해방 후에 「석탑의 노래」라는 제목으로 바뀌어 교과서에 실려 학생들을 가르치는 교재가 된 것도 이런 균질적인 성취도와 역사적 전망을 보여주고 있기 때문이 아닌가 한다.

🍎 시어풀이
· 순시 : 한 순간. 한 때.
· 무여지다 : 무너지다.
· 주소(晝宵)로 : 밤낮으로.
· 단념 : 정성스러운 마음. 성심.
· 탑신 : 탑의 몸체 부분.

양

　양아 어린 양아
조이를 주마.
어째서 너마저
울안에 사는지

　양아 어린 양아
보드라운 네 털
구름과 같구나.
잔디도 없는
쓸쓸한 목책 안에서
　양아 어린 양아
너는 무엇을 생각하느냐.

　양아 어린 양아
조이를 주마.
보낼 곳 없이
그냥 그리움에 내어친 사연

양아 어린 양아
샘물같이 맑은 눈
포도알 모양 초롱초롱한 눈으로
나 좀 보아라
가냑한 목책에 기대어 서서
양아 어린 양아
나마저 무엇을 생각하느냐

이 시는 어린 양, 보드라운 털과 샘물같이 맑고, 포도알같이 초롱초롱한 눈을 가진 양이 잔디도 없는 목책 안에 갇혀 사는 모습을 보며 쓴 시다.

4연으로 되어 있는 이 시는 매 연마다 "양아 어린 양아"라는 말로 시작한다. 1연에서는 울안에 갇혀 사는 양에게 종이를 주겠다고 한다. 풀이 아니라 종이를 주겠다는 것이다.

2연에서는 구름 같은 보드라운 털을 지녔지만 잔디도 없는 쓸쓸한 목책 안에서 사는 모습을 대조시킨다. 거기서 무엇을 생각하느냐고 묻는다. 갇혀 사는 자신의 처지를 생각하지 않을까 하는 연상을 하게 한다. 3연은 1연의 앞부분이 반복된다. 그리고 종이를 주는 이유에 대한 약간의 암시 같은 것이 보인다. "보낼 곳 없이/그냥 그리움에 내어친 사연"이 있었음을 비친다. 그리워하지만 그리운 사연을 적어 보낼 곳이 없어 종이를 내친 적이 있었다는 말이다. 그래서 종이를 다시 줄 테니 그리운 사연을 적어 보내지 않겠느냐는 의미가 들어 있다.

4연에서는 다시 샘물같이 맑은 눈과 포도알 모양 초롱초롱한 눈을 가진 어린 양을 부르며 나 좀 보라고 양에게 말한다. 어린 양은 2연에서처럼 열악한 환경 속에서 살고 있다. 4연은 2연과 내용상 짝을 이루고 1연은 3연과 짝을 이룬다. 그런데 2연의 마지막 행은 "너는 무엇을 생각하느냐" 하는 물음이었는데 4연의

4부 길손의 노래

마지막 행은 "나마저 무엇을 생각하느냐" 하고 묻는다. 갇혀 사는 처지가 서로 비슷하지 않느냐는 생각을 하지 않을까 싶다. 이미 3연에서 양에게 감정이입이 되어 있었다. 아름다운 모습으로 태어나 누군가를 그리워하며 살지만 갇혀 살 수밖에 없는 처지는 양이나 자신이나 같다는 것이리라.

이 시는 정지용의 시 「말」과 부분적으로 비슷한 구조를 지니고 있다. "말아, 다락 같은 말아,/너는 즘잔도 하다마는/너는 왜 그리 슬퍼 뵈니?/말아, 사람 편인 말아,/검정콩 푸렁콩을 주마" 이런 시와 유사한 데가 있다. 스승인 정지용의 영향을 받은 것으로 보이는 시편의 하나다.

1943년 11월 『조광』에 게재한 이 시를 마지막으로 해방이 될 때까지 오장환은 시를 발표하지 못한다.

🍎 시어풀이
• 조이 : 종이.
• 목책 : 말뚝 따위를 죽 벌여 박은 울타리.
• 가냑하다 : 간약(簡約)하다. 간단하고 짤막하다.

5부
병든 서울

연합군 입성 환영의 노래

몰래 쉬던 숨을 크게 쉬니
가슴이, 가슴이, 자꾸만 커진다
아 동편 바다 왼 끝의 대륙에서 오는 벗이여!
아 반구(半球)의 서편 맨 끝에서 오는 동지여!

이날
우리의 마음은
축포에 떠오르는 비둘기와 같으다.

감격에 막히면
아 언어도 소용없고나.
울면서 참으로 기쁨에 넘쳐 울면서
우리는 두 팔을 벌리지 않느냐

들에 핀 이름 없는 꽃에서
작은 새까지
모두 다 춤추고 노래 불러라.

아 즐거운 마음은 이 가슴에서 저 가슴으로
종소리 모양 울려나갈 때
이 땅에 처음으로 발을 디디는 연합군이여!
정의는, 아 정의는 아직도 우리들의 동지로구나.

5부 병든 서울

1945년 8월 20일에 쓴 이 시에서 화자는 "감격에 막히면/아 언어도 소용없고나" 이렇게 말한다. 해방의 감격은 말로 다할 수 없는 감동인 것이다. 시 한 편에 '아' 라는 감탄의 말이 네 번, 같은 말의 반복이 네 번씩이나 나온다. 반복과 감탄으로 해방의 기쁨과 감격을 표현하고 있다. 들뜨고 설레는 마음과 환희와 기쁨의 마음을 "축포에 떠오르는 비둘기와 같으다"고 하고 있다.

우리를 해방시켜준 연합군을 두 팔 벌려 환영한다. 연합군을 정의라고 믿고 동지라고 믿는다. 일제를 몰아낸 연합국의 힘을 정의라고 보는 것이다. 이 시의 화자는 '우리' 다. 해방 전까지 시의 화자가 '나' 였던 것이 '우리' 로 바뀌고 있다. 개인적인 자아에서 공동체적인 자아로 확장되어 있는 것이다. 현실의 문제가 나 개인의 문제라는 생각에서 우리 모두의 역사적 과제라는 의식으로 변하고 있는 것이다. 그럼에도 불구하고 박용찬은 화자가 "시적 대상과의 미적 거리를 유지하지 못하고 있고", "차분히 현실을 응시하여 그것을 형상화하기에는 시적 주체의 심리적 정서가 너무 고양되어" 있는 등 "시적 긴장의 획득에 실패하고" 있다는 지적을 한다.

그러나 해방이라는 너무도 엄청난 역사적 사실 앞에서 미적 거리와 미적 완성도만을 문학적 평가의 잣대로 내미는 것은 무리한 요구일 수 있다. 이원규의 말대로 "시적 진술과 시인의 현

실이 시적 장치를 필요로 하지 않는 상태"에 있었으며 "표현할
수 없는 감격을 널리 확산시키는 매개자의 역할을 하는 것"이
당대에 시가 할 수 있는 역사적인 몫이었다고 보아야 할 것 같
다. 이런 시의 시사적 가치는 오히려 당대 역사에 논리적으로
접근하기보다 정서적으로 접근하여 있는 그대로 형상화함으로
써 역사를 역사보다 더 생동감 있게 그려내는 데 있다고 본다.

🍎 **시어풀이**
• 반구 : 지구면을 두 쪽으로 나눈 한 부분.

지도자

전국청년단체대회 대표들에게

　지도자가 왔다.
지도자는 비행기로 왔다.
그리고 지도자는 한인(韓人)의 지도자여야 된다.
청년들은 모두 다 기쁨에 넘쳤다.
아 피 끓는 가슴밖에 미처 준비하지 못한 우리 청년들은
두 팔을 벌리어 지도자를 맞았다.
지도자는 우상이 아니다.
지도자는 이 젊은 피를 옳은 데로 흐르게 하는 것이다.

　그러나 지도자는 원로에 피곤하였다.
그리고 지도자는 회의에 바쁘다.
우리들 수만을 대표한 청년들은 낮부터
밤 새로 한시까지 기다리었다.
그러나 아 끝끝내 우리들의 위대한 지도자의 말씀은 겟아웃
이었다.
　그리고 우리들의 위대한 지도자는 끝끝내 라디오를 들을 수
있는 곳에만 방송을 하였다.

이 시도 해방 후에 쓴 시다. 일제가 물러가고 나라가 해방되자 새 시대 새 나라 건설에 대한 열정으로 피가 끓는 청년들은 자연히 새 시대를 이끌 지도자를 기대한다. 단순히 우상으로 삼을 지도자를 기다리는 것이 아니라 "젊은 피를 옳은 데로 흐르게 하는" 지도자를 기대하는 것이다.

　이 시는 "지도자가 왔다"는 말로 시작한다. 그런데 지도자는 기대보다 실망을 주고 있다. 우선 그는 비행기로 왔고 피곤하고 바쁜 지도자였다. 낮부터 밤 한 시까지 기다려도 "겟아웃"이란 영어밖엔 들을 수 없는 지도자였다. 피 끓는 청년들과는 너무나 거리가 먼 지도자였다. 그는 청년들과 다른 언어로 말하는 지도자였다. 다른 언어로 말한다는 것은 소통에 문제가 있는 지도자인 것이다.

　또한 그는 "라디오를 들을 수 있는 곳에만 방송을" 하는 지도자였다. 특정 계층, 지식인 계층, 라디오를 가진 부유한 계층들하고만 소통이 가능한 지도자였던 것이다. 젊은 청년들은 두 팔을 벌려 지도자를 환영했지만 그는 청년들과는 너무 먼 거리에 있는 지도자였던 것이다. 가까이 하기 어려운 지도자, 소통이 잘 안 되는 지도자, 특정 계층만의 지도자를 보고 청년들은 실망한 것이다. 이런 지도자는 "젊은 피를 옳은 데로 흐르게" 할 수 없는 지도자인 것이다. 이 시는 지도자를 갈망하던 청년들이 지

　　　　　　　　　　　5부　병든 서울

도자를 보고 실망한 모습을 표현한 시다.

이런 실망은 오장환으로 하여금 '어둔 밤의 노래'를 다시 부르게 한다. "다시금 부르는구나/지난날/술 마시면 술들이 모여서 부르던 노래/(중략)//아, 우리의 젊은 가슴이 기다리고 벼르던 꿈들은 어디로 갔느냐/굳건히 나가려던 새 고향은 어디에 있느냐 (중략)//새로운 우리들의 노래는 어디에 있느냐"(「어둔 밤의 노래」부분)

지난 날의 절망적인 노래, 자학적이고 자조적인 노래를 다시 부르는 것은 새로운 세상에 대한 기대가 무너진 때문이다. 기다리고 벼르던 꿈들이 사라지고 있다고 느끼기 때문이다. 새롭게 세워나가려던 고향, 새 나라 건설의 꿈은 사라지고 새로운 정신과 새로운 노래를 찾을 수 없어 다시 절망과 울분에 찬 노래를 부르고 있는 것이다.

"아, 이 세월도 헛되이 물러서는가" 이런 탄식을 하게 되는 것이다. "38도라는 술집이 있다./낙원이라는 카페가 있다./춤추는 연놈이나 술 마시는 것들은/모두 다 피 흐르는 비수를 손아귀에 쥐고 뛰는 것이다./젊은 사내가 있다./새로 나선 장사치가 있다./예전부터 싸움으로 먹고사는 무지한 놈들이 있다./내 나라의 심장 속/내 나라의 수채물 구녕/이 서울 한복판에/밤을 도와 기승히 날뛰는 무리가 있다."(「이 세월도 헛되이」부분)

해방 후의 사회가 점점 타락하고, 살인 무기들을 지니고 날뛰고 있으며, 돈이나 장사만 생각하는 자들과 싸움이나 테러로 먹고사는 자들, 떳떳치 못하게 사는 자들로 내 나라의 서울이 가득 차는 것을 보고 탄식하는 것이다.

박용찬은 "이상적 새 나라에 대한 구상과 방법을 폭넓게 제시하고 토론해 가던 이 시기 지식인들에게 있어 해방기는 매혹의 공간인 동시에 그들의 욕망이 좌절되어가던 냉혹한 현실 공간이기도 했다"고 말한다. 오장환은 기대가 실망으로 바뀌는 구체적 사례를 「지도자」라는 시에서 이렇게 표현하고 있는 것이다.

병든 서울

8월 15일 밤에 나는 병원에서 울었다.
너희들은 다 같은 기쁨에
내가 운 줄 알지만 그것은 새빨간 거짓말이다.
일본 천황의 방송도,
기쁨에 넘치는 소문도,
내게는 곧이가 들리지 않았다.
나는 그저 병든 탕아로
홀어머니 앞에서 죽는 것이 부끄럽고 원통하였다.

그러나 하루아침 자고 깨니
이것은 너무나 가슴을 터치는 사실이었다.
기쁘다는 말
에이 소용도 없는 말이다.
그저 울면서 두 주먹을 부르쥐고
나는 병원에서 뛰쳐나갔다.
그리고, 어째서 날마다 뛰쳐나간 것이냐.
큰 거리에는,

네거리에는, 누가 있느냐.

싱싱한 사람 굳건한 청년, 씩씩한 웃음이 있는 줄 알았다.

아, 저마다 손에 손에 깃발을 날리며

노래조차 없는 군중이 '만세'로 노래 부르며

이것도 하루아침의 가벼운 흥분이라면……

병든 서울아, 나는 보았다.

언제나 눈물 없이 지날 수 없는 너의 거리마다

오늘은 더욱 짐승보다 더러운 심사에

눈깔에 불을 켜들고 날뛰는 장사치와

나다니는 사람에게

호기 있이 먼지를 씌워주는 무슨 본부, 무슨 본부,

무슨 당, 무슨 당의 자동차.

그렇다. 병든 서울아,

지난날에 네가, 이 잡놈 저 잡놈

모두 다 술 취한 놈들과 밤늦도록 어깨동무를 하다시피

아 다정한 서울아

나도 밑천을 털고 보면 그런 놈 중의 하나이다.

나라 없는 원통함에

에이, 나라 없는 우리들 청춘의 반항은 이러한 것이었다.

반항이여! 반항이여! 이 얼마나 눈물나게 신명나는 일이냐

　아름다운 서울, 사랑하는 그리고 정들은 나의 서울아
나는 조급히 병원 문에서 뛰어나온다.
포장 친 음식점, 다 썩은 구루마에 차려놓은 술장수
사뭇 돼지구융같이 늘어선
끝끝내 더러운 거릴지라도
아, 나의 뼈와 살은 이곳에서 굵어졌다.

　병든 서울, 아름다운, 그리고 미칠 것 같은 나의 서울아
네 품에 아무리 춤추는 바보와 술 취한 망종이 다시 끓어도
나는 또 보았다.
우리들 인민의 이름으로 씩씩한 새 나라를 세우려 힘쓰는 이
들을……
그리고 나는 외친다.
우리 모든 인민의 이름으로
우리네 인민의 공통된 행복을 위하여
우리들은 얼마나 이것을 바라는 것이냐.
아, 인민의 힘으로 되는 새 나라

　8월 15일, 9월 15일,

아니, 삼백예순 날

나는 죽기가 싫다고 몸부림치면서 울겠다.

너희들은 모두 다 내가

시골구석에서 자식 땜에 아주 상해버린 홀어머니만을 위하

여 우는 줄 아느냐.

아니다. 아니다. 나는 보고 싶으다.

큰물이 지나간 서울의 하늘이……

그때는 맑게 개인 하늘에

젊은이의 그리는 씩씩한 꿈들이 흰 구름처럼 떠도는 것

을……

아름다운 서울, 사무치는, 그리고, 자랑스런 나의 서울아,

나라 없이 자라난 서른 해,

나는 고향까지 없었다.

그리고, 내가 길거리에 자빠져 죽는 날,

"그곳은 넓은 하늘과 푸른 솔밭이나 잔디 한 뼘도 없는"

너의 가장 번화한 거리

종로의 뒷골목 썩은 냄새 나는 선술집 문턱으로 알았다.

　그러나 나는 이처럼 살았다.

그리고 나의 반항은 잠시 끝났다.

아 그동안 슬픔에 울기만 하여 이냥 질척거리는 내 눈

아 그동안 독한 술과 끝없는 비굴과 절망에 문드러진 내 쓸
개

내 눈깔을 뽑아버리랴, 내 쓸개를 잡아떼어 길거리에 팽개치
랴.

1945년 8월 15일 해방이 된 뒤 쓰인 많은 시 중에서 해방 직후의 현실과 복잡한 심리 상태를 가장 집약적으로 잘 표현한 시를 꼽으라면 오장환의 「병든 서울」을 빼놓을 수 없다. "병든 서울"이라고 했지만 실제로 먼저 병든 것은 화자인 '나'다. 오장환은 신장병으로 병원에 입원 중에서 해방 소식을 들었다. 병든 나는 8월 15일 밤에도 병원에서 운다. 그리고 울음을 운 이유가 일본 천황의 항복 방송이나 해방에 대한 소문도 곧이들리지 않았고 그저 "병든 탓아로 홀어머니 앞에서 죽는 것이 부끄럽고 원통" 하여 운 것이었다고 한다. 나는 민족적 고통이 아닌 개인적인 질병으로 죽어가야 하는 것이 원통했을 것이다. 식민지 조국의 아들이 아니라 어머니의 아들이라는 한 개인으로 죽는다는 것 그것이 마음 아픈 일이라고 생각했을 것이다. 나의 육체는 병들었고 정신적으로는 스스로를 불효한 탓아라고 생각한다. 고향과 어머니를 떠나 타향을 떠돌며 보헤미안으로 살다가 병들어 돌아온 것이 부끄러웠을 것이다.

그러나 그 다음 날 해방에 대한 확실한 소식을 접하고는 몸이 아픈데도 거리로 뛰쳐나간다. 거리에 나서면 '싱싱한 사람, 굳건한 청년, 씩씩한 웃음'이 있을 것이라 알고 나간다. 자기같이 병들고 방황하지 않는 사람, 눈물 흘리는 사람이 아니라 건강하고 굳건한 청년들을 만날 거라고 기대한다.

그러나 거리에서 나는 서울이 병들었다는 것을 발견한다. 두 가지 때문이다. 첫 번째는 조국의 해방을 장사의 대상으로 바꾸는 자본주의적 행태, 속물주의와 한탕주의에 실망한다. 두 번째는 분열하는 모습에 실망한다. 사상과 정치적 이해관계에 따라 분열하고 파행으로 치닫는 정치현실에 실망한다. "무슨 본부, 무슨 본부,/무슨 당, 무슨 당의 자동차" 이런 정파주의와 정치적 허세에 실망한다.

그러면서 나에게 서울은 어떤 의미를 갖는 시·공간적 장소인가를 생각한다. 「병든 서울」 안에는 서울을 가리키는 말이 다양하게 변화하며 등장한다. "다정한 서울", "아름다운 서울", "사랑하는 서울", "정들은 나의 서울", "미칠 것 같은 서울", "큰 물이 지나간 서울", "사무치는 서울", "자랑스런 나의 서울" 이렇게 여러 형태의 서울이 등장한다.

"병든 서울"은 당시의 서울의 상태를 나타낸다. 심리적으로 느끼는 것은 "다정한 서울"이다. "아름다운 서울", "사랑하는 서울", "정들은 서울"도 이렇게 느끼고 살고 싶고 사랑해온 서울을 의미하고 있다. 그러나 그 서울이 "미칠 것 같은 서울"이라는 것은 갈등과 모순이 복잡하게 얽힌 서울이면서 화자의 복잡한 심리 상태가 투영된 서울이다. "큰물이 지나간 서울"은 해방의 크나큰 사회적 변화가 지나가는 서울을 말하는 것이고, 맑게 개인 하늘은 식민지 압제의 잔재, 제국주의 침략의 잔재와 봉건적 잔재가 사라진 하늘을 의미한다.

그런 하늘 위에 자기같이 병든 시인이 아니라 씩씩한 젊은이들의 꿈이 흰 구름처럼 떠도는 서울의 하늘을 보고 싶어 하는 것이다. 그런 과정을 거친 뒤 작품 후반부에 등장하는 "아름다운 서울", "사무치는 서울", "자랑스런 서울"은 나의 가장 이상적인 서울의 모습이다. 아름답고 자랑스럽고 그래서 가슴에 사무치는 서울을 꿈꾸는 것이다. 물론 서울은 이 도시, 이 나라, 이 땅의 의미까지를 함께 지니고 있다.

과거의 시적 자아는 슬픔으로 몸이 상했고 독한 술과 끝없는 비굴과 절망에 문드러진 쓸개를 지니고 살았다. 식민지 청년으로 사는 동안 독한 술을 마시며 자학하고 자책했으며, 제대로 저항하지 못하고 비굴했으며, 희망을 잃어버린 절망으로 인해 자존심도 쓸개도 다 문드러진 삶을 살았던 것이다. 그래서 병이 들었던 것이다. "해방기 현실을 바라보는 창작 주체의 주관적 심경이 이처럼 강렬하게 표출된 시는 드물다. 지나친 주관성에의 함몰이라는 약점에도 불구하고 이 시는 진솔하게 자신의 내면 심리를 그대로 표출해 보이고 있다는 점에서 의미가 있다"라고 박용찬은 말한다. "그것은 솔직한 자기 비판의 진정성에서 비롯되는 결과이며, 소시민 의식을 청산하려는 자기 갱신의 몸짓이기도 하다"고 말하는 이원규는 "「병든 서울」이 당시 주목을 받았던 이유는 도식적 구호를 앞세워 무조건적으로 인민의 나라를 건설하자고 계몽하는 차원이 아니라, 자기 비판을 통한 진정성에서 비롯되었다"고 보고 있다. 자기 반성에서 출발하는 시적 진정성이 사실적으로 표현된 점이 「병든 서울」을 해방기 현실을 가장 잘 보여주는 대표적인 작품으로 평가받게 하는 이유이다.

「병든 서울」에서 오장환이 해방이 된 나라에서 가장 먼저 해야 할 일, 가장 바라는 일이면서 가장 중요한 일이라고 생각하는 것은 새 나라 건설이었고 인민이 주체가 되어, 인민의 공통된 행복을 위하여, 인민의 힘으로 새 나라를 건설하는 일이었다. 임화는 그것을 근대국가 건설로 보았다. 그러기 위해서는 조선의 근대화와 민주주의적 개혁이 필요하고 그 중에서 가장 시급한 일로 일본 제국주의 잔재의 소탕, 봉건주의 잔재의 청산을 들었다.

🍎 시어풀이
• 곧이 : 바로 그대로.
• 탕아 : 방탕한 사내.
• 호기 : 꺼드럭거리는 기운.
• 구루마 : 짐수레.
• 구융 : 구유. 말이나 소의 먹이를 담아 주는 그릇.
• 망종 : 몹쓸 종자란 뜻으로, 행실이 아주 좋지 못한 사람을 욕으로 이르는 말.

종소리

울렸으면······ 종소리
그것이 기쁨을 전하는
아니, 항거하는 몸짓일지라도
힘차게 울렸으면······ 종소리

크나큰 종면(鍾面)은 바다와 같은데
상기도 여기에 새겨진 하늘 시악시
온몸이 업화(業火)에 싸여 몸부림치는 것 같은데
울리는가, 울리는가
태고서부터 내려오는 여운──

울렸으면······ 종소리
젊으디젊은 꿈들이
이처럼 외치는 마음이
울면은 종소리 같으련만은······

스스로 죄 있는 사람과 같이

무엇에 내닫지 않는가,
시인이여! 꿈꾸는 사람이여
너의 젊음은, 너의 바램은 어디로 갔느냐.

종은 울리기 위해서 있는 것이다. 그냥 보고 감상하기 위해 만든 게 아니다. 화자는 하늘 시악시 즉, 비천상이 새겨져 있는 종을 보고 종소리가 울려 퍼졌으면 하고 바란다. 그 종소리가 기쁨을 전하는 몸짓이든, 항거하는 몸짓이든, 어떤 것일지라도 힘차게 울렸으면 하고 바란다.

종의 표면은 바다처럼 크고 거기 새겨진 비천상은 마치 업을 갚기 위해 맹렬한 지옥불을 뒤집어쓰고 있는 것처럼 보이기도 하는데, 그 업의 불길에서 벗어나기 위해서라도 종소리가 울리기를 희망한다. "울리는가, 울리는가" 하고 묻는다. 울리기를 간절히 바라는 마음이 반복되어 나타나고 있다.

3연에도 1연의 소망이 다시 되풀이되고 있다. 젊은이들이 꾸는 꿈이 종소리 같이 울릴 수 있으면 얼마나 좋을까 하고 바란다. 화자 자신의 소망도 그와 같을 것임을 짐작할 수 있다. 그러나 4연을 보면 현실은 그렇지 못하다. 기쁨의 몸짓도, 항거의 몸짓도, 힘찬 울림도 되지 못한 채 스스로 죄 있는 사람같이 내닫

🍎 시어풀이
• 종면 : 종의 표면.
* 업화 : 악업의 갚음으로 받는 지옥의 맹렬한 불.
* 내닫다 : 갑자기 힘차게 앞으로 뛰어나가다.

고 있다. 현재는 젊음도 희망도 잃고 있다. 그래서 자신을 향해 "시인이여! 꿈꾸는 사람이여/너의 젊음은, 너의 바램은 어디로 갔느냐" 하고 안타깝게 묻고 있다.

원씨(媛氏)에게

  창 앞에서 기다립니다.

발자취 소리마다 귀를 기울입니다.

기다리는 것만이

사랑에서 오는 기쁨이라면

삼백예순 날 이냥 안타까운 속에서라도 기다리겠습니다.

사랑이여!

당신에게 괴이는 제물(祭物)은

내 보람의 샘이 막힐 때까지

아 내 노래는 당신의 것입니다.

이 시는 이름에 원이라는 글자가 들어 있
거나 원자로 끝나는 여인에게 보내는 애절한
사랑 시다. 화자는 원씨가 오기를 기다린다.
창 앞에서 기다린다. 발자국 소리가 들릴 때마다 원씨가 오는
소리인가 하고 마음을 졸이며 기다린다. 그러나 원씨는 아직 오
지 않았다.

화자는 "기다리는 것만이/사랑에서 오는 기쁨이라면/삼백예
순날 이냥 안타까운 속에서라도 기다리겠습니다" 하고 말한다.
사랑하는 사람이 기다려도 오지 않는 것은 기쁨이 아니라 고통
이다. 아픔이고 상처다. 화자는 아픔을 기쁨이라고 말하고 있지
만 그건 역설적 표현이다. 사랑하는 사람이 올 때까지 일 년 삼
백예순 날을 기다리겠다는 것은 화자 자신의 의지를 표현하는
것일 뿐 실제는 고통이다. 자신도 그게 행복과 기쁨이 아니라는
걸 모르지 않는다. 그래서 안타까운 마음을 지닌 채 이냥 기다
리겠다고 하는 것이다.

그러면서도 기다림을 포기할 수 없다는 데 사랑의 비극은 있
다. 기다림의 고통, 기다림으로 차곡차곡 쌓아 올리는 고통을
화자는 제물이라고 생각한다. 이 사랑의 번제물이 당신의 것이
요, 당신을 향해 부르는 끝없는 사랑의 노래도 당신의 것이라고
한다. 당신을 사랑하고 당신을 기다리는 것이 내 삶의 보람이기
때문에 그 보람의 샘이 막힐 때까지 내가 부르는 노래는 당신의

것이라고 생각한다. '입니다', '습니다' 로 끝나는 경어체 종결 어미에 사랑과 기다림의 간절한 마음을 담아내고 있다.

🍎 **시어풀이**

- 이냥 : 한꺼번에. 미련 없이 싹둑.
- 괴다 : 의식에 쓸 음식 따위를 그릇에 차곡차곡 쌓아 올리다.
- 제물 : 제사에 쓰는 음식.

노래

깊은 산골
인적이 닿지 않는 곳에
온종일 소나기가 내리퍼붓는다.

이윽한 밤늦게까지
온 마음이 시원하게
쿵, 쿵, 쿵, 쿵, 가슴을 헤치는 소리가 있다.

이것이 노래다.

산이 산을 부르는
아득한 곳에서
폭포의 우람한 목청은
다시 무엇을 부르는 노래인가

나는 듣는다.

깊은 산골짝

인적이 닿지 않는 곳에,

억수로 퍼붓는 소나기 소리.

이 시는 깊은 산골에서 하루 종일 퍼붓는 소나기 소리를 들으며 나의 노래도 이처럼 강하고 남성적이며 역동적인 소리이기를 바라는 마음을 노래한 시다.

1연과 마지막 연은 '깊은 산골짝 인적이 닿지 않는 곳에서 온 종일 퍼붓는 소나기 소리'를 듣고 이 시를 썼다는 걸 수미쌍관 방식으로 반복하고 있다. 화자가 있는 곳은 깊은 산골짝 인적이 닿지 않는 곳이다. 거기서 온종일 억수로 퍼붓는 소나기 소리를 듣는다. 화자가 들은 것은 그것만이 아니다. 2연에서는 "이윽한 밤늦게까지/온 마음이 시원하게/쿵, 쿵, 쿵, 쿵, 가슴을 헤치는 소리"를 듣는다. 3연에서는 산속 아득한 곳에서 폭포의 우람한 목청을 듣는다. 그리고 바로 이런 소리가 노래라고 말한다.

아무도 보아주지 않아도 처음부터 끝까지 온 마음을 다해 가슴을 열고 외치는 소리 그런 게 노래라는 것이다. 그런 소리로 노래 부르고 싶은 갈망이 있는 것이다.

이 시는 노래가 무엇인지 비유를 통해 말하고 있다. 온 마음이 시원하게 쿵쿵 가슴을 헤치는 소리, 그런 역동적인 소리, 온종일 쉬지 않고 쏟아지는 소리 그게 노래라는 것이다. 산이 산을 부르는 아득한 곳에서 폭포 같은 우람한 소리, 씩씩하고 강하고 남성적인 소리, 그게 노래라는 것이다.

붉은 산

　　가도, 가도 붉은 산이다.
가도 가도 고향뿐이다.
이따금 솔나무숲이 있으나
그것은
내 나이같이 어리고나.
가도 가도 붉은 산이다.
가도 가도 고향뿐이다.

고향에서 쫓겨나는 사람들을 지켜보고, 도시로 떠나와 고향을 그리워하며 방황하고, 그러다 다시 고향으로 돌아가야 한다는 현실 인식을 갖게 된 오장환 시의 시적 행로가 고향을 중심으로 일정한 궤적을 그리며 흘러왔다면 고향에 대해 가장 명료하게 말하고 있는 시가 「붉은 산」이다.

이 시의 주제가 담긴 곳은 6, 7행이다. 이는 1, 2행을 반복한 말이다. 차이가 있다면 1행에는 "가도" 다음에 쉼표가 찍혀 있다는 것이다. 그 쉼표는 먼 길을 걸어온 나그네의 지친 몸을 떠올리게 한다. '가고, 쉬었다가 또 가보아도' 그런 끝없는 여정을 생각하게 한다. 6, 7행은 긴 여정의 끝에 화자가 얻은 인식을 다시 한 번 확인하는 의미가 있다.

공간적으로 낯선 곳을 아무리 돌아다녀도 고향뿐이며 시간적으로 세월이 아무리 흘러가도 고향뿐이라는 것이다. 여기서 "붉은 산"은 고향의 배경이 되는 공간이다. 유종호 교수가 말한대로 "길손으로 떠도는 도상에 실감한 고토와 조국의 원형적 이미지"요, "한 세대 전 고향의 황량하게 충실한 재현"이라서 상상하기 어려울지 몰라도 우리 산은 붉은 산이었다.

가는 길에 솔나무 숲을 만나면 거기서 고향을 만난 것처럼 느껴지기도 하지만 소나무는 아직 어리다. 소나무가 고향을 떠올리게 하는 나무인 것은 「황혼」의 "우거진 송림"과 「고향 앞에서」의 "전나무"와 같다. 고향에 온 것이 아닌가 하는 느낌을 주는 매개물들이며 고향에 대한 기대감을 갖게 하는 나무다. 그 나무가 아직은 고향의 소나무에 미치지 못한다. 그러나 붉은 산은 타향에서 만나는 산의 모습이나 고향에서 본 산의 모습이나 같다. 붉은 산에서 고향을 만나며 그 고향은 국토의 의미에서 조국의 의미로까지 확장되어 나간다. 아무리 낯선 타향을 떠돌고 아무리 세월이 흘러도 우리는 결국 고향으로 돌아가게 된다는 것이다.

강도에게 주는 시

　어슥한 밤거리에서
나는 강도를 만났다.
그리고 나는
웃었다.
빈 주머니에서 돈 이 원을 꺼내 들은
내가 어째서 울어야 하느냐.
어째서 떨어야 되느냐.
강도도 어이가 없어
나의 뺨을 갈겼다.
—이 지지리 못난 자식아
이같이 돈 흔한 세상에 어째서 이밖에 없느냐.

　오 세상의 착한 사나이, 착한 여자야.
너는 보았느냐.
단지 시밖에 모르는 병든 사내가
삼동 추위에 헐벗고 떨면서
시 한 수 이백 원
그 때문에도 마구 써내는 이 시를 읽어보느냐.

이 시는 깊은 밤에 거리에서 강도를 만나 돈을 빼앗긴 이야기를 쓴 시다. 설명을 더 보태지 않아도 그냥 이해할 수 있는 작품이다.

깊은 밤에 거리에서 강도를 만나면 얼마나 무서울까. 돈을 빼앗기는 것뿐만 아니라 폭행을 당하기도 하고 때론 목숨을 잃기도 한다. 두려움과 공포에 떨게 되는 상황에서 화자인 나는 강도가 돈을 내놓으라고 하자 "빈 주머니에서 돈 이 원을 꺼내" 들고는 웃는다. 그러자 강도가 어이가 없어 나의 뺨을 갈긴다. 그러면서 "이 지지리 못난 자식아/이같이 돈 흔한 세상에 어째서 이밖에 없느냐"하고 호통을 친다. 돈이 없어 강도짓을 하는 주제에 어째서 이것밖에 없느냐고 질책을 한다.

웃다가 얻어맞은 화자는 도리어 "내가 어째서 울어야 하느냐./어째서 떨어야 되느냐"고 묻는다. 화자인 내가 강도에게 내민 이 원은 시를 쓰고 받는 고료인 것으로 보인다. "단지 시밖에 모르는 병든 사내"인 내가 주머니에 돈을 많이 넣고 다니지 못하는 것이 어째서 부끄러운 일이냐 하고 묻는다. 시밖에 모르기 때문에 그것밖에 지니고 있지 못하고, 병들었기 때문에 돈을 벌 수가 없어서 주머니에 그것밖에 없는 것이다. 그래서 돈이 없는 것이 어째서 울어야 하는 일이며, 두려워 떨 일이냐는 것이다.

시를 쓰며 사는 것은 강도를 만나도 두렵지 않은 삶이라는 의미를 전하고 싶어 하는 것 같다. 동시에 시를 써주고 받는 고료라는 것이 강도에게도 욕을 먹는 정도의 너무 보잘 것 없는 돈이라는 의미도 들어 있다. 그럼에도 불구하고 그 고료 때문에라도 마구 시를 써야 하는 자신의 처지를 연민으로 바라보는 시각도 함께 들어 있다.

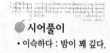

🍎 시어풀이

• 이슥하다 : 밤이 꽤 깊다.

다시 미당리(美堂里)

　돌아온 탕아라 할까
여기에 비하긴
늙으신 홀어머니 너무나 가난하시어

　돌아온 자식의 상머리에는
지나치게 큰 냄비에
닭이 한 마리

　아직도 어머니 가슴에
또 내 가슴에
남은 것은 무엇이냐.

　서슴없이 고깃점을 베어 물다가
여기에 다만 헛되이 울렁이는 내 가슴
여기 그냥 뉘우침에 앞을 서는 내 눈물

　조용한 슬픔은 아련만

아 내게 있는 모든 것은
당신에게 바치었음을……

　크나큰 사랑이여
어머니 같으신
바치옴이여!

　그러나 당신은
언제든 괴로움에 못 이기는 내 말을 막고
이냥 넓이 없는 눈물로 싸주시어라.

이 시는 방황 끝에 돌아온 자식을 큰 사랑
으로 대해주시는 사모곡이다. 어머니의 사랑
에 뉘우치며 눈물을 흘리는 자신에 대해 쓴
시다. 화자는 고향에 돌아온 자신을 탕아라고 생각한다. 그리고
눈물을 흘린다. 뉘우침 때문에 눈물을 흘린다. 무엇을 뉘우치는
것일까. 부모와 고향을 떠난 방랑의 날들에 대해 뉘우치고, 부
모의 기대를 배반한 삶에 대해 뉘우칠 것이다. 내가 부모의 기
대를 배반하고 사는 동안 늙으신 홀어머니는 너무도 가난하게
살고 계신다. 어머니처럼 가난을 극복하기 위해 흙에 발을 딛고
힘써 노동하지도 않았다. 그런 자식에게 가난한 어머니는 닭을
잡아 주신다. 어머니가 지나치게 큰 냄비에 삶아온 닭고기를 베
어 물다가 가슴이 울렁이고 눈물이 흐른다.

성경에는 방랑의 날들을 끝내고 돌아온 아들에게 아버지가
송아지를 잡아 잔치를 베풀어 주는데 반해 이 작품 속 어머니는
탕아에게 닭을 잡아주신다. 아버지와 어머니, 송아지와 닭의 차
이가 있을 뿐 탕아를 대하는 부모의 자세는 똑같다. 방탕하게 보
낸 지난날에 대해 묻지 않고 큰 사랑으로 돌아온 탕아를 받아주
고 상을 준다.

돌아온 탕아는 눈물을 흘리지 않을 수 없다. 부모의 크나큰
사랑 때문이다. 괴로움을 견딜 수 없어 내가 무슨 말인가를 하
려고 하면 어머니는 넓이를 알 수 없는 큰 사랑으로 싸주신다.

어머니의 큰 사랑에 비해 어머니에 대한 나의 사랑은 너무나 작다. 그리하여 작품 곳곳에 어머니를 향한 간절함이 묻어난다. 이 시의 화자에게 고향에 돌아온다는 것은 곧 어머니에게로 돌아온다는 것이다. 고향과 어머니는 등가물이다. 고향에 돌아온다는 것은 너무나 가난한 어머니에게로 돌아온다는 것이요, 궁핍한 민중의 삶의 현실로 돌아온다는 것이다.

오세영 교수의 말대로 "오장환에게 있어 어머니와 고향은 존재의 뿌리이자 정체성의 확인의 의미를 갖는다" 오장환의 시에서 귀향 모티브는 단순히 고향으로 돌아왔다는 의미 이상의 의미가 담겨 있다.

어머니의 품에서

귀향일기

나는 노래한다. 어머니의 품에서……
황토산이 사방으로 가리운
죄그만 동리.
한동안 시달려 강줄기마저 메마른 고장

머리 숙이나이다. 땀 흘리는 사람들이여!
그래도
무연하게 넓은 들에는
온갖 곡식이 맺히어 스사로 무겁고
산고랑에까지
목화다래는 따스하게 꽃피지 아니했는가!

칠십 가차운 어머니
이곳에 혼자 사시며
돌아오기 힘드는 아들들을 기다려
구부렁구부렁 농사를 지신다.

아 그간

우리네 살림은 흩어져

내 발 디딜 옛 마을조차 없건만

나는 돌아왔다.

어머니의 품으로……고향에 오듯이

그러면 나는 무엇을 노래할 거냐

어머니의 품에서……

그러면 나는 무엇을 노래할 거냐

동리 사람의 틈에서……

논에는 허수아비

들에는 새 보는 사람

그러면 이네들은

온 일 년의 피와 땀을 무엇으로 지키려는가,

풍년이여!

다락같이 올라가는 쌀값이여!

이것이 무엇이냐

다만 한 사발의 막걸리…… 한 자리의 풍장과 춤으로

모든 것은 보채는 여울물처럼 잦아들 것인가.

나는 노래한다. 어머니의 품에서……
황토산이 사방으로 둘러싼
팍팍한 동리.
눈 가린 마차말이 그저 앞으로 달리듯
이곳에는
농사에 바쁜 사람들,

아 그간
우리네 살림은 쫓기어
내 발 디딜 옛 마을조차 없건만
나는 돌아왔다.
어머니의 품으로…… 고향에 오듯이

이 시는 고향에 돌아와서 고향 사람들을
위해 내가 무엇을 노래해야 할 것인가를 고
민하는 시다. 고향은 민둥산이 사방으로 가
려 있는 조그만 동네다. 강줄기마저 메마른 고장이다. 그래도
다행스러운 것은 너른 들에 온갖 곡식이 저절로 맺혀 있고 목화
다래가 따스하게 꽃피어 있다는 것이다. 그곳에서 칠십 가까이
되신 늙은 어머니가 혼자 사시며 힘겹게 농사를 지으신다.

화자는 자기가 고향에 돌아왔다는 사실을 여러 번 강조한다.
고향에 돌아왔다는 것은 어머니의 품으로 돌아온 것이며 어머
니와 같이 늙고 힘없고 쇠약한 동네 사람들의 생존의 터전으로
돌아왔다는 의미임을 거듭 드러낸다.

고향으로 돌아온 것이 공간적 도피이거나 전원생활을 예찬하
기 위한 것이 아니라 땀 흘리는 사람들과 함께하기 위해서라고
말한다. 그리고 땀 흘리는 사람들, 즉 농민들에게 머리를 숙인
다. 머리를 숙인다는 것은 감사의 표시이며 겸손의 표시이다.
고향은 작고 왜소하다. 그동안 많은 이들이 쫓겨나갔고 고향을
떠나 여기저기 흩어졌다. 식민지 지배를 겪으며 이미 옛 모습을
잃었다. 풍요롭고 활기 넘치는 고향으로 돌아온 것이 아니라,
살기가 팍팍한 곳으로 돌아온 것이다.

그러나 화자는 바로 그런 상처받은 고향에서 "그러면 나는 무
엇을 노래할 거냐" 하고 질문한다. 늙은 어머니와 가난한 동네

사람들 틈에서 자신이 할 수 있는 일이 무엇인지를 찾는다. 자신의 절망 위에서 개인적인 활로에 대해 고민하는 것이 아니라 마을 공동체 안에서 마을 사람들과 함께 그들을 위해 무엇을 할 것인가를 모색하는 것이다.

🍎 시어풀이

- 무연하다 : 아득하게 넓다.
- 다래 : 아직 피지 않은 목화의 열매.
- 다락같다 : 물건값이 매우 비싸다. '높다'는 뜻을 다락에 비유해 쓴 말.
- 팍팍하다 : 몹시 지쳐서 걸음을 내디디기 어렵도록 다리가 무겁고 힘이 없다. 음식이 끈기나 물기가 적어 목이 멜 정도로 메마르고 부드럽지 않다.

성묘하러 가는 길

솔잎이 모두 타는 칙한 더위에
아버님 산소로 가는 산길은
붉은 흙이 옷에 배는 강퍅한 땅이었노라.

아 이곳에 새로운 길터를 닦고
그 위에 자갈을 져 나르는 인부들
매미 소리, 풀기운조차 없는 산등성이에
고향 사람들은 또 어디로 가는 길을 닦는 것일까.

깊은 골에 남포 소리, 산을 울리고
거칠은 동네 앞엔
예전부터 굴러 있는 송덕비.

아버님이여
이런 곳에
님이 두고 가신 주검의 자는 무덤은
아무도 헤아리지 아니하는 황토산에, 나의 가슴에……

무엇을 아뢰이려 찾아왔는가,
개굴창이 모두 타는 가뭄더위에
성묘하러 가는 길은 팍팍한 산길이노라.

5부 병든 서울

무더운 여름날 팍팍한 산길을 걸어 아버님 산소에 성묘하러 가면서 무너지는 고향을 보며 느낀 답답한 심정을 노래하고 있는 시다. 얼마나 더운지 솔잎이 모두 타는 듯하고, 가뭄에 개울도 타는 듯한 날이다. 화자는 메마르고 딱딱한 산길을 걸어 아버님 산소로 가고 있다.

가다가 새로운 길을 닦고 있는 광경을 보았다. 인부들은 자갈을 져 나르고 동네 사람들은 길을 닦고 있다. 깊은 산골짝에선 다이너마이트 터지는 소리가 들린다. 길을 내기 위해 산을 까뭉개고 바위를 폭파하는 것으로 보인다. 그런데 강팍한 땅에 길을 내고 있는 모습이 활기차 보이지 않는다. 매미 소리도 들리지 않고 풀기운도 없다는 것이 그런 짐작을 하게 한다. 마을을 위해 고마운 일을 했던 사람을 기리기 위해 세웠던 송덕비는 굴러다니는 지 오래 되었다.

새로운 길을 낸다면 그 길은 마을이 발전하게 하는 길일 텐데 힘찬 모습이 보이지 않는다. 아마도 식민지 시대부터 새로 닦는 길이 수탈을 원활하게 하기 위한 길, 가진 것을 빼앗기고 그게 실려 가는 길이었다는 피해 의식도 한몫 했을 것이다. 자연을 파괴하고 삶의 터전을 살벌하게 만드는 개발과 그 과정에서 무너지는 농촌의 모습이 냉소와 연민의 감정을 불러왔을 것이다.

화자는 돌아가신 아버님 묘소 앞에서 "무엇을 아뢰이려 찾아

왔는가" 하고 자문한다. 이런 고향의 현실을 아뢰러 찾아온 것
인가 하고 묻고 있는 것이다. "성묘하러 가는 길은 팍팍한 산길
이노라"라는 표현에 나오는 '팍팍하다'는 말은 산길이 메마르
고 딱딱하였다는 뜻만이 아니라 화자 자신의 심정을 대변하는
것이기도 하다.

🍎 시어풀이
• 칙하다 : 언짢다. 섭섭하다.
• 강팍하다 : 강퍅하다. 성미가 까다롭고 고집이 세다.
• 남포 : 도화선 장치를 해 폭발시킬 수 있게 만든 다이너마이트.
• 개굴창 : 개울의 방언.

초봄의 노래

　내가 부르는 노래
어데선가 그대도 듣는다면은
나와 함께 노래하리라.
"아 우리는 얼마나
기다렸는가……" 하고

　유리창 밖으론
함박눈이 펑 펑 쏟아지는데
한겨울
나는 아무 데도 못 가고
부질없는 노래만 불러왔구나.

　그리움도 맛없어라
사무침도 더디어라

　언제인가 언제인가
안타까운 기약조차 버리고

한동안 쉴 수 있는 사랑마저 미루고
저마다 어둠 속에 앞서던 사람

　이제 와선 함께 간다.
함께 간다.
어디선가 그대가 헤매인대도
그 길은 나도 헤매이는 길

　내가 부르는 노래
어데선가 그대가 듣는다면은
나와 함께 노래하리라.
"아 우리는 얼마나
기다렸는가……" 하고

이 시는 이른 봄 그대와 함께하는 삶의 희
망, 기다림의 완성을 노래하고 있다. 1연과 6
연은 수미쌍관의 형식으로 같은 말이 반복된
다. "내가 부르는 노래/어데선가 그대가 듣는다면은/나와 함께
노래하리라./"아 우리는 얼마나/기다렸는가……"하고"

"내가 부르는 노래/어데선가 그대가 듣는다면은"이 말은 가
정이다. 가정을 전제로 함께 노래하고 싶어한다. 그대와 내가
무어라고 노래할 것인가? "아 우리는 얼마나/기다렸는가…"하
고 노래할 것이라고 말한다. 무엇을 얼마나 기다렸다는 것일까?
봄을 기다렸을 것이다. 새 희망의 날을 기다렸을 것이다.

그렇다면 지난겨울의 내 삶은 어떠했다는 말일까? 유리창 밖
으론 함박눈이 펑펑 쏟아지는데 나는 유리창 안에서 외롭게 고
립되어 있었다. 눈이 쏟아지는 시련의 날들 동안 과거의 내 삶
은 부질없는 노래만 부르는 삶이었다. 그리움도, 사무침도 부질
없는 삶이었다.

언제 기다림이 이루어질지 알 수 없어서 기약조차 버려야 하
는 안타까운 날들이었다. 기다림이 완성되는 날인 "언제"는 그
야말로 가정적 미래일 뿐이었다. 그래서 사랑마저 미루고 앞 길
전혀 보이지 않는 어둠 속을 걸어가야 했었다. 그러나 그런 어둠
속을 앞서가던 그들과 이제는 함께 간다. 봄이 왔기 때문이다.

함께 가면서 "어디선가 그대가 헤매인대도/그 길은 나도 헤

매이는 길"이라고 말한다. 새로운 길, 새로운 삶을 모색하는 과정에 있기 때문에 설령 모색이 방황으로 느껴져도 괜찮다는 심정이 엿보인다. 아마도 과거와 달리 그대와 내가 연대하면서 함께 가는 길이라는 믿음 때문이리라. 오장환의 시에 많이 등장하는 어둡고 슬프고 방황하는 "나"가 아니라 "그대"와 함께 "우리"를 노래하고 있는 시다.

나 사는 곳

　밤늦게 들려오는 기적 소리가
산짐승의 울음소리로 들릴 제,
고향에도 가지 않고
거리에 떠도는 몸은 얼마나 외로울 건가.

　여관방의 심지를 돋구고
생각 없이 쉬고 있으면
단칸방 구차한 살림의 벗은
찬술을 들고 와 미안한 얼굴로 잔을 권한다.

　가벼운 술기운을 누르고
떠들고 싶은 마음조차 억제하며
조용조용 잔을 노늘 새
어느덧 눈물 방울은 옷깃에 구르지 아니하는가.

　"내일은 또 떠나겠는가"
벗은 말없이 손을 잡을 때

아 내 발길 대일 곳 아무 데도 없으나
아 내 장담할 아무런 힘은 없으나
언제나 서로 합하는 젊은 보람에
홀로 서는 나의 길은 미더웁고 든든하여라.

밤에 여관방에서 쉬고 있을 때 찬술을 들고 찾아온 벗의 위로로 인해 미더웁고 든든하게 느껴지는 심정을 노래한 시다. 이 시의 시간은 밤이다. 멀리서 밤 열차가 지나가는 기적 소리가 들린다. 그 기적 소리는 화자가 지금 어디론가 떠나야 하는 사람, 떠돌고 있는 사람이라는 것을 짐작하게 하는 배경 소리로 들린다. 그 기적 소리가 산짐승의 울음소리로 들린다고 말한다. 그래서 더욱 외롭게 느껴진다. 산짐승의 울음소리는 화자의 떠돌이의식이 반영된 소리처럼 느껴진다.

. 화자가 기적 소리를 듣는 곳은 여관방이다. 거기서 등불의 심지를 돋구며 생각 없이 쉬고 있는데 단칸방에서 구차하게 살고 있는 친구가 찬술을 들고 찾아온다. 그리곤 잘못한 것도 없는데 미안한 얼굴로 술잔을 권한다. 대접할 것이 찬술밖에 없어서 미안해 할 수도 있다. 그러나 그 친구의 심성이 선해서 그럴 거라는 생각이 더 많이 든다. 둘은 술을 마시면서 도취하거나 흥분하지 않는다. 술에 취하면 호기를 부리거나 큰소리로 떠들게 되는데 이 두 사람은 그렇지 않다. 술기운을 누르고 떠들고 싶은 마음도 억제하며 조용조용 잔을 나눈다. 그러다 눈물을 흘린다. 무슨 이유로 눈물을 흘리는지 알 수 없지만 두 사람만이 아는 서로의 삶에 대한 처연함 같은 게 있을 것이다.

그러다 친구는 "내일은 또 떠나겠는가" 하고 묻는다. 그러면서 말없이 손을 잡는다. 이렇게 떠날 수밖에 없는 상황 때문에 친구가 눈물을 흘리는 것 같다. 친구가 내 손을 잡을 때 화자인 나는 발길 닿을 곳이 없고 장담의 말을 할 아무런 현실적인 힘도 없지만 믿음직함과 든든함을 느낀다. "홀로 서는 나의 길은 미더웁고 든든하여라" 이렇게 말한다. 가난하지만 인정 많고 순박한 벗의 따뜻한 위로 때문에, 그의 화합하고자 하는 마음 때문에 홀로 서는 나의 길은 미더웁고 든든한 것이다.

남포병원

남포 소련 적십자병원에서

나의 병실 남으로 향한 창에는
해풍이 조을고
부두 앞으로 나아간 곡물 창고
여기에 모이는 참새떼는
자주 나의 창에 앉았다 갑니다

병든 사람도 깨끗이 흰 옷을 입음은
이곳의 차림
조심조심 음성을 낮춰
상냥한 여의사 이국의 손님은
밤사이 증세를 살필 제
말없이 펴 보이는 나의 "부끄와리"
"하라쇼!"
미소를 구슬같이 굴리며

그는 책장을 덮는다
─평양에서 박사님을 뫼셔오리다

그래도 안 되면
당신을 우리나라 소련까지도 가게 하여
온전히 낫게 하리다—
쇠잔한 맥박을 헤이며
성심껏 말하는 당신의 음성
내 어찌 이곳에서 낫지 않겠습니까.

유리에 어둠이 까맣게 앉아
창문이 스스로 큰 거울을 이루는 밤이나
깊은 잠 속에
바다 끝 등댓불이
샛별같이 빛날 때에도
타마라 알렉산드로브나! 그대는
당신의 잠 깨운 병자를 위하여
웃음 짓는 얼굴엔 사뭇 근심이 넘쳐라

이럴 때이면
오랫동안 비꾸러진 나의 마음이
몰래서 우는 것이 아니라
내 고향 먼 곳에 계신 어머니시여!
당신이 목마르게 그리워집니다

어머니여! 어머니여!
당신이 자식들을 향하여 기울이는
그 사랑과
여기 수염자리가 거칠은 이 아들이
어느 곳에서나 애타게 구하던
크나큰 사랑이
맑은 시냇가
조약돌처럼 구르고 있습니다

조용한 희열이
분수와 같이 흐트러지다가도
숫제 뛰어보고 싶은 마음
창 앞의 참새떼를 쫓으려 하여도
그조차 날지 않는 평화로운 나의 병실입니다

이 시는 오장환이 남포 소련 적십자병원에 입원해 있을 때 쓴 시다. 오장환이 병원에 입원하게 된 것은 테러를 당해 얻어맞아 몸을 가눌 수 없게 되었기 때문이다.

오장환은 1947년에 문화공작단 활동에 참여했다. 문화공작단 활동이란 1947년 6월 하순부터 7월 하순까지 남조선 문화단체총연맹 소속 여덟 개 단체 예술가 200명이 전국 방방곡곡을 찾아다니며 문화공연 활동을 한 것을 말한다.

문화공작단의 순회공연 목적을 오장환은 "문화에 굶주린 인민대중에게 그들이 목마르게 기다리는 문화란 무엇인가를 깨닫게"하는 것과 "제2차 미소공동위원회의 속개에서 더욱이 비등된 민주 역량과 이를 축하"하는 것이었다고 『남조선의 문학예술』이라는 책에서 밝히고 있다. 이 공연은 아침 10시부터 시작하여 밤 10시까지 계속 되었고 부산, 밀양, 김해, 진영, 진해, 마산, 삼천포, 진주, 통영 등 전 경남 일대를 돌았다.

미소공동위원회를 통해 신탁통치에 관한 문제나 통일에 관한 문제가 해결되기를 바라던 정당 및 사회단체의 열망을 담아 이 내용을 문화를 통해 알려내고자 하는 정치적 목적을 갖고 문화공작단이 운영되었던 것으로 보인다. 그러나 2차 미소공동위원회도 쌍방 간에 책임 전가와 반론의 일방적인 성명이 되풀이되면서 8월 12일 끝나고 만다.

5부 병든 서울

그리고 8월 12일 새벽 문화예술인들에 대한 검거선풍(檢擧旋風)이 몰아닥친다. 문학·연극·영화·음악·무용 각계 중요 예술인들에 대한 가택 수색과 예술단체회관을 찾아오는 사람까지 검거해 가기 시작하였고 테러가 극에 달했다. 이런 검거와 탄압의 선풍은 이승만이 제의한 "국제연합 감시하의 남북한의 인구 비례에 의한 총선거안"이 UN에 상정된 9월 17일이 지나고 나서야 멈추었다.

해방 전부터 병을 앓던 오장환은 신병을 치료할 대책조차 갖지 못한 채 테러단에게 맞아 온몸이 먹구렁이같이 부풀어 올랐다. 그래도 마음먹고 약 한번을 바르지 못한 채 하루하루의 잠자리를 찾아 피신을 하다 남포 적십자병원을 찾아 입원하게 된다. 이것으로 인해 오장환은 월북 시인이 된다.

1947년 3월에서 9월까지는 우리나라가 분단되느냐 통일되느냐 하는 가장 중요한 시기였다. 오장환과 문련의 예술인들은 미소공위에 큰 기대를 걸었지만 분단은 미소공위의 결렬 때문이 아니라 미소의 대립 그 자체 때문이었다. 김학준의 말대로 이 시기에 트루만 독트린과 마샬 플랜으로 연결되는 미국의 봉쇄정책과 즈다노프 노선으로 나타난 소련의 편좌정책의 대립이 한국문제를 전면적인 파국으로 이끌었던 것이다. 사실상 한국문제가 유엔에 이관되면서 한국에 '두 개의 정부'가 공식적으로 출현될 가능성이 커진 것이다. 결국 한국 민중의 의사와는 상관없이 강대국 권력정치의 결과로 '한 국가 내에 두 정부'가 생겨난 것이다.

오장환은 두 개의 정부 중에 아무런 근심 없이 입원생활을 하게 해주는 쪽을 택한다. 이 시에서 보면 화자는 상당히 여유를 찾은 모습이 역력하다. "해풍이 조을고" 참새 떼는 "자주 나의 창에 앉았다" 간다. "조용한 희열이/분수와 같이 흐트러지"기도 한다. 평화로운 병실에 화자는 있다. 삶의 여유와 조용한 희열과 평화로운 분위기가 가득하다. 병원도 정갈하고 깨끗하다. 그런 병원에서 상냥한 러시아 여의사의 치료를 받는다. 그녀는 자기가 치료하다가 안 되면 평양에서 박사를 모셔오고 그래도 안 되면 소련까지 가서 치료를 받게 하겠다고 한다. 특별 대우를 받고 있는 것이다.

그런데 이 시에서 눈여겨보게 되는 대목은 병실의 창이 남쪽으로 향해 있다는 점이다. 그리고 어머니를 몹시 그리워하고 있다는 사실이다. 창이 남으로 향해 있다는 것은 남쪽으로 향해 있는 화자의 관심을 암시한다. 그리고 반복해서 세 번씩이나 부를 정도로 어머니를 그리워한다. 탈향과 귀향을 반복하던 보헤미안의 삶이 다시 남포병원에까지 연장되어 있는 것이다.

오장환이 월북을 한 것은 1947년 하반기인 것으로 추정된다. 남포에 있는 소련 적십자병원에서 치료를 받다가 소련 정부의 배려로 치료차 모스크바 시립 볼킨 병원으로 간다. "젊은 시인

의 병이 다스리기 어려운 증세임을 알자 고쳐주려고 데려간 것
이다"라고 조운 시인은 말한다. 오장환은 1948년 12월에서
1949년 7월까지 병을 치료하기 위해 모스크바에 다녀오면서 쓴
시들을 모은 소련기행시집 『붉은 기』를 1950년 5월에 출간한다.
그리고 한국전쟁이 발발한 뒤 병을 치료하지 못해 세상을 뜨고
만다.

🍎 시어풀이

- 부끄와리 : 러시아어로 언어를 배우는 교본을 말한다.
- 하라쇼 : 러시아어로 '좋다'는 뜻.

1918년 5월 15일 충북 보은군 회북면 중앙리(회인) 140번지에서 태어남.

1924년 회인공립보통학교 입학. 3학년까지 다님.

1927년 경기도 안성군 읍내면 서리로 이사. 안성공립보통학교로 전학.

1930년 안성공립보통학교 졸업. 중동학교 속성과 입학.

1931년 중동학교 속성과 수료 후 4월 휘문고등보통학교 입학. 정지용으로부터 시를 배움.

1933년 2월 학교 문예지 『휘문』에 「아침」과 「화염」 발표.
11월 『조선문학』에 시 「목욕간」을 발표.

1934년 4월 일본으로 건너가 지산(智山)중학교에 전입.

1936년 지산중학교 수료. 《낭만》, 《시인부락》 동인으로 참가.

1937년 4월 명치대학 전문부에 입학. 《자오선》 동인으로 참가.
7월 첫 시집 『성벽』(풍림사) 발간.

1938년 3월 명치(明治)대학 전문부를 중퇴하고 귀국.
7월 아버지 오학근 사망. 서울 종로구 관훈동에서 남만서점이란 책방을 냄.

1939년 두 번째 시집 『헌사』(남만서방) 발간.

1945년 신장병으로 입원 중 8·15해방을 맞음.

1946년 조선문학가동맹에 가담하여 활동함.
5월 『예세닌 시집』(동향사)을 번역하여 냄
7월 세 번째 시집 『병든 서울』(정음사) 발간. 「성벽」, 「온천지」, 「어육」, 「경」, 「어포」, 「역」 등 6편을 추가하여 『성벽』 재판(아문각) 발간.

1947년 2월 장정인과 결혼.
6월 일제 말에 쓴 작품에다 해방 후에 쓴 작품 「승리의 날」을 붙여 네 번째 시집인 『나 사는 곳』(헌문사) 발간. 중학교 5·6학년용 국어교과

서에 시 「석탑의 노래」가 실림.

10월부터 이듬해 2월까지 테러를 피해 월북하여 남포병원에 입원함.

1948년 7월 산문집 『남조선의 문학예술』 발간.

12월 병을 치료하기 위해 모스크바로 가 볼킨병원에 입원함.

1949년 7월 모스크바를 떠나 귀국함.

1950년 5월 다섯 번째 시집인 소련 기행 시집 『붉은 기』 발간.

1951년 지병인 신장병으로 사망.

1988년 6월 납·월북작가에 대한 해금 조치로 오장환 연구 및 작품 출판 허용.

1989년 최두석이 편집한 『오장환 전집』 1, 2권이 창작과비평사에서 나옴.

1990년 10월 김학동의 『오장환 연구』가 시문학사에서 출간.

1996년 5월 제1회 오장환문학제 개최.

2002년 2월 김재용의 『오장환 전집』이 실천문학사에서 나옴.

2003년 6월 김학동의 『오장환 전집』이 국학자료원에서 나옴.

2006년 9월 도종환이 엮은 오장환 동시집 『바다는 누가 울은 눈물인가』가 도
서출판 고두미에서 나옴. 오장환 생가 및 문학관 건립.

2008년 오장환문학상 제정(보은군, 실천문학사 주관).

제1회 수상자 최금진 시인.

1부 바다

「바다」, 『어린이』 12권 2호, 1934. 2.
「기러기」, 『어린이』 12권 2호, 1934.
2.
「애기꿈」, 『조선일보』, 1934. 7. 24.
「편지」, 『조선일보』, 1936. 9. 8.
「내 생일」, 『조선일보』, 1936. 9. 11.
「섬골」, 『조선일보』, 1936. 9. 18.
「별」, 『조선일보』, 1936. 9. 19.
「정거장」, 『조선일보』, 1936. 9. 29.
「가는비」, 『조선일보』, 1936. 10. 16.
「늦은 봄」, 『조선일보』, 1937. 4. 29.
「아침」, 『휘문』 임시호, 1933. 2. 22.
「화염(火焰)」, 『휘문』 임시호, 1933.
2. 22.
「조개껍데기」, 『휘문』 11호, 1933.
12.
「목욕간」, 『조선문학』, 1933. 11.
「카메라 룸」, 『조선일보』, 1934. 9.
5.

2부 황혼

「성씨보(姓氏譜)」, 『조선일보』,
1936. 10. 10.
「향수(鄕愁)」, 『조선일보』, 1936. 10.
13.
「면사무소」, 『조선일보』, 1936. 10.
13.
「성벽(城壁)」, 『시인부락』, 1936. 11.
「우기(雨期)」, 『시인부락』, 1936. 11.
「모촌(暮村)」, 『시인부락』, 1936. 11.
「정문(旌門)」, 『시인부락』, 1936. 11.
「해항도(海港圖)」, 『시인부락』,
1936. 11.
「어포(漁浦)」, 『시인부락』, 1936. 11.
「매음부(賣淫婦)」, 『시인부락』,
1936. 11.
「여수(旅愁)」, 『조광』, 1937. 1.
「종가(宗家)」, 『풍림』, 1937. 2.
「싸느란 화단(花壇)」, 『조선일보』,
1937. 6. 16.
「월향구천곡(月香九天曲)」, 『성벽』,
1937. 7.
「황혼」, 『성벽』, 1937. 7.

「고전(古典)」, 『성벽』, 1937. 7.
「독초(毒草)」, 『성벽』, 1937. 7.
「경(鯨)」, 『성벽』, 1937. 7.
「화원(花園)」, 『성벽』, 1937. 7.
「병실(病室)」, 『성벽』, 1937. 7.
「호수(湖水)」, 『성벽』, 1937. 7.

3부 The Last Train

「적야(寂夜)」, 『시인춘추』, 1938. 1.
「상렬(喪列)」, 『시인춘추』, 1938. 1.
「The Last Train」, 『비판』, 1938. 4.
「소야(小夜)의 노래」, 『사해공론』, 1938. 10.
「헌사(獻詞) Artemis」, 『청색지』, 1938. 11.
「나폴리의 부랑자(浮浪者)」, 『비판』, 1939. 1.
「무인도(無人島)」, 『청색지』, 1939. 2.
「나의 노래」, 『시학』, 1939. 3.
「북방(北方)의 길」, 『헌사』, 1939. 7.
「불길한 노래」, 『헌사』, 1939. 7.
「할렐루야」, 『조광』, 1939. 8.

4부 길손의 노래

「성탄제(聖誕祭)」, 『조선일보』,

1939. 10. 24.
「산협(山峽)의 노래」, 『인문평론』, 1940. 1.
「마리아」, 『조선일보』, 1940. 2.
「구름과 눈물의 노래」, 『문장』, 1940. 3.
「고향 앞에서」, 『인문평론』, 1940. 4.
「강을 건너」, 『문장』, 1940. 7.
「FINALE」, 『조선일보』, 1940. 8. 15.
「첫서리」, 『조광』, 1940. 12.
「고향이 있어서」, 『문장』, 1940. 12.
「연화시편(蓮花詩篇)」, 『삼천리』, 1941. 4.
「여정(旅程)」, 『문장』, 1941. 4.
「귀촉도(歸蜀途)」, 『춘추』, 1941. 4.
「모화(牟花)」, 『춘추』, 1941. 10.
「길손의 노래」, 『춘추』, 1943. 3.
「절정의 노래」, 『춘추』, 1943. 6.
「양」, 『조광』, 1943. 11.

5부 병든 서울

「연합군 입성 환영의 노래」, 『해방기념시집』, 1945. 11.
「지도자」, 『문화전선』, 1945. 11.
「병든 서울」, 『상아탑』, 1945. 11.
「종소리」, 『상아탑』, 1945. 12.
「원씨(媛氏)에게」, 『신문예』, 1945. 12.

「노래」, 『예술』, 1945. 12.

「붉은 산」, 『건설』, 1945. 12. 22.

「강도에게 주는 시」, 『민성』, 1946.
4.

「다시 미당리(美堂里)」, 『대조』,
1946. 7.

「어머니의 품에서」, 『신천지』, 1946.
11.

「성묘하러 가는 길」, 『동아일보』,
1946. 11. 19.

「초봄의 노래」, 『나사는 곳』, 1947.
6.

「나 사는 곳」, 『나사는 곳』, 1947. 6.

「남포병원」, 『영원한 친선』, 1949. 2.

오장환 시의 현실인식

도 종 환

1. 오장환의 문학

오장환은 1930년대부터 1951년까지 문단에서 가장 왕성한 작품
활동을 한 시인이다. 그는 해방 전에 『성벽』(1937), 『헌사』(1939),
등 두 권의 시집을 냈고, 해방 후에도 『병든 서울』(1946), 『나 사
는 곳』(1947), 『붉은 기』(1950) 등 3권의 시집과 번역 시집인 『에
쎄닌 시집』, 산문집 『남조선의 문학예술』을 출간했다. 그 외에
도 장시 「전쟁」을 비롯하여 지금까지 확인한 것만도 44편이나
되는 동시와 「조선 시에 있어서의 상징」, 「소월시의 특성」과 같
은 주목할 만한 평론을 포함한 22편의 산문 등 많은 작품을 발
표하였다.

특히 『성벽』(1937), 『헌사』(1939)는 오장환의 이름을 1930년대 우리 시문학사에 확실하게 새겨놓은 시집이었다. 해방 후에 펴낸 『병든 서울』(1946)과 『나 사는 곳』(1947)은 오장환 시의 새로운 개성을 보여준다. 그중에서도 『병든 서울』은 해방 직후의 사회상을 가장 잘 보여준 작품으로 우리 문학사에 남아 있다.

김동석은 "해방 후 시가 쏟아져 나왔지만 이 시만치 시대를 잘 읊은 시는 없으리라"고 했다. 「병든 서울」이 당시 주목받았던 이유는 "도식적 구호를 앞세워 무조건적으로 인민의 나라를 건설하자고 계몽하는 차원이 아니라, 자기비판을 통한 진정성에서 비롯되었다"[1] 고 보고 있다.

비판적 리얼리즘 시에서 사회주의 리얼리즘 시로 변모해간 해방 후의 그의 시는 1947년 후반 테러를 피해 북으로 도피하면서 분단 이후 금기의 대상이 되었다. 그 후 북에서는 1953년 "박헌영 간첩 사건의 일환으로 임화, 김남천 등 월북 문인들이 부르주아 미학 잔재에 대한 비판을 받으며 숙청되었"[2]는데 오장환은 이 논쟁 전인 1951년 전쟁 직후에 병사하였지만 임화 계열의

---

1) 이원규, 「오장환의 시적 편력과 비판적 인식」, 『성균어문연구』 제37집, 성균관대학교 성균어문학회, 2002, 195쪽.
2) 김성수, 「1950년대 북한문학과 사회주의 리얼리즘」, 『북한현대사』, 한울아카데미, 2004, 322~323쪽.

문인으로 분류되었기 때문인지 그 이후 북한문학사에서는 단 한 줄도 언급 되지 않는 문인이 되었다. 그리하여 1988년 해금 되기 전까지 남과 북의 문학사 모두에서 오장환의 문학은 지워 지고 매몰되었던 것이다.

2. 반제 반봉건의식 및 식민지 근대도시 비판

지금까지 대부분의 연구는 오장환 시가 첫 시집 『성벽』에서 전 통 부정에서 출발한다고 보았다. 그러나 오장환의 시는 전통 부 정에서부터 출발하는 것이 아니다. 오장환은 전통 부정에 대해 이야기하는 시를 쓰기 이전에 동시를 썼고, 현대적 감각의 아포 리즘 시를 썼으며, 전쟁을 반대하는 장시를 썼다.

우리는 오장환이 1933년 11월 『조선문학』에 「목욕간」이란 시 를 발표하면서 작품 활동을 시작하였다고 알고 있다. 그러나 그 보다 먼저인 1933년 2월 22일 『휘문』에 「아침」과 「화염」이란 시 를 발표하였다.

까마귀 한 마리
게을리 노래하며

감나무에 앉았다.

지숫물 그릇엔
어름덩이 둘

— 「아침」 전문

한낮에 불이야!
황홀(恍惚)한 소방수(消防手) 나리든다

만개(滿開)한 장미(薔薇)에 호접(虎蝶)

— 「화염(火焰)」 전문

「아침」은 겨울 아침의 춥고 을씨년스런 풍경을 노래하고 있다. 검은 감나무에 앉은 검은 까마귀, 겨울 아침의 느린 까마귀 울음소리가 있고, 개숫물 그릇엔 하얀 얼음이 얼어 있다. 두 덩어리의 얼음. 머리 위의 검은 풍경과 땅 위의 하얀 얼음이 선명한 색상대비를 이루고 있다.

색상의 대비를 통해 선명한 이미지를 창출해내는 솜씨는 「화염(火焰)」도 같다. 여기서 불이란 만개하여 활짝 핀 장미꽃의 은유이다. 장미꽃을 보고 지른 감탄의 소리다. 그리고 소방수는

323   해설

호랑나비의 은유다. 불을 끄기 위해 날아든 것으로 화자는 보고 있다. 그러나 황홀해진 소방수라면 불의 아름다움에 매료되었다는 의미까지를 포함한다. 빨간 장미의 빛깔과 호랑나비의 현란한 색상이 시각적으로 잘 어우러져 있다. 장미라는 '불'과 소방수라는 '물', 서로 상극인 것을 대립시켜놓은 것처럼 보이면서도 내면으로는 황홀한 조화를 이루고 있다. 거부와 유혹, 경계심과 흡인력, 대치와 합일, 밀어내기와 끌어당기기의 팽팽한 긴장이 색상대비와 겹치면서 시의 완성도를 높인다. 이런 시를 휘문고보 재학 중에 썼다.

「목욕간」이 사실주의적이고 산문적인 성격을 지닌 작품이라면 「아침」과 「화염(火焰)」은 시각적인 아름다움이 돋보이는 단시이다.

또한 오장환은 지금까지 확인된 것만으로도 44편이나 되는 동시를 썼다. 이 동시들은 어린이의 눈높이에서 자연과 사물과 대상을 바라보며 쓴 동시다. 놀이에 대한 동시가 많으며, 자연과 사람, 작고 여리고 힘없는 것들에 대한 애정과 관심을 잘 표현하였다.

장시 「전쟁」의 원고가 총독부 검열을 받고 9곳(51행)이 삭제된 채 출판허가가 난 것은 1935년 1월 16일이다. 「전쟁」은 어렵고 난해한 작품이다. 그러나 아무 관련도 없는 이미지들을 순서

없이 나열한 작품이 아니다. 「전쟁」은 반전, 반제국주의, 인간존중, 생명존중을 주제로 하는 시이다.

식민지 지배체제 아래서 일본 제국주의자들의 침략 전쟁에 대해 직접적으로든 상징적으로든 반전의식을 드러내는 시를 쓰기란 쉽지 않다. 그러나 오장환은 전쟁 반대에 대한 자기 입장을 분명히 드러내는 시를 썼다. 그것만으로도 이 시는 높이 평가받을 만한 작품이다.

첫 시집 『성벽』이 출간되기 전인 1936년 11월에 발표한 장시 「수부」는 식민지 근대도시에 대한 비판을 담고 있다. 이 시의 전반부는 민중들의 비참한 현실을 주로 비판하고 있으며 후반부는 상층계급의 가식적이고 부패한 삶의 모습을 고발하고 있다. 1930년대 수도 서울이 식민지 자본주의 사회의 모순과 근대성의 비극이 집약된 곳임을 파헤치려고 하였다.

이런 시들을 쓰면서 봉건주의에 반대하는 「성벽」, 「성씨보」, 「정문」, 「종가」 등의 시를 쓴 것이다. 유교 이데올로기로 지탱하는 봉건적 사회 질서가 얼마나 비인간적인가를 보여주는 대표적인 시가 「정문」이다. 오장환의 시는 단순히 전통 부정에서 출발한 것이 아니라 반전 반제국주의, 식민지 근대도시 비판과 봉건주의 비판에서 출발하였다.

3. 실증적 근거가 부족한 서자콤플렉스

오장환 시의 화자가 보헤미안이 되어 항구와 바다를 찾아가며 방황하는 원인을 지금까지는 서자의식과 같은 개인적인 콤플렉스나 방랑벽 때문이라고 보았다. 이런 주장은 몇 가지 문제가 있다.

첫째, 연구자들은 오장환의 호적등본에 기록되어 있는 서자라는 단어를 접하면 곧바로 서자콤플렉스가 오장환의 시적 정서와 문학에 강하게 작용하였을 것이라는 추론을 할 수 있다. 실제로 자아의 밑바닥에 그런 의식이 자리 잡고 있을 개연성이 없는 것은 아니다.

그러나 오장환이 1918년에 태어났으니까 아버지 오학근이 59살 때이다. 그때 오장환의 아버지 오학근은 1남 2녀를 두었는데 큰아들 오의환이 결혼 후 자식 없이 일찍 죽는 바람에 대를 이을 사람이 없었다. 집안에는 동갑의 부인과 홀로 된 며느리가 함께 살고 있었고, 두 딸은 출가를 한 상태였다. 대가 끊어지는 것을 걱정하며 새 부인을 얻어 결혼한 것이다. 오장환은 그 둘째 아들이다. 태어나면서 서출이라고 천대받은 게 아니라 대를 이을 자식을 갖지 못하던 상황에서 태어난 아들이라 환영받았다. 오장환이 서자라서 차별을 받았다면 적자 형제에게서 받아야 하는데 차별을 할 적자 형제가 없었다. 오장환의 아버지는 충북 회인에 내려와 가정을 이루고 살았기 때문에 오히려 본부인과 며느리가 소외되어 있는 상태였다. 홀로 살던 본처 이민석이 1929년 사망하고 난 뒤 오장환의 어머니는 혼인신고를 다시 하며 오장환도 적자로 호적에 기록된다.

둘째, 서자로 태어나서 받은 차별과 소외가 오장환이 쓴 시와 산문 어디에도 나타나 있지 않다. 상징과 은유로 쓰는 시와 달리 산문은 보다 직접적으로 심경을 토로하며 쓰기 때문에 콤플렉스나 무의식 저변에 자리 잡고 있는 정신적 상처들은 산문에 나타날 가능성이 많은데 전혀 찾아볼 수 없다. 우리가 오장환의 서자 콤플렉스의 중요한 증거로 거론하는 시가 「불길한 노래」이다. 그 작품도 포스트콜로니얼리즘(Postcolonialism)의 관점에서 다시 살펴볼 필요가 있다.

"오장환은 일제가 근대화라는 미명 아래 우리 민족의 정신과 고유한 문화를 말살하기 위해 자신들의 식민지 정책의 정당성을 일반화시키고 동화시키려는 것을 간파한 시인이었다. 근대의 주체는 일본이고 그 자신은 식민지적 타자에 불과함을 알아차린 것이다"[3] 그는 대학교육을 받은 지식인이었다. 교육받았

---

3) 천영숙, 「1930년대 오장환 시의 근대의식 연구」, 한남대대학원 박사논문, 2005, 83~84쪽.

기 때문에 동화되는 길로 갈 수 있는 가능성은 열려 있지만 동화되는 길을 선택할 수는 없을 때 자아는 분열하게 된다. 심리적으로 볼 때 이런 상황 속에서 식민지 체제에 동화되기를 선택한 사람은 자아가 분열하지 않는다. 저항을 선택한 사람도 자아가 분열하지 않는다. 그러나 식민지체제에 동화되기를 거부하지만 저항할 수도 없을 때 자아는 분열하게 된다.

> 나요. 오장환이요. 나의 곁을 스치는 것은, 그대가 아니요. 검은 먹구렁이요. 당신이요.
> 외양조차 날 닮았다면 얼마나 기쁘고 또한 신용하리요.
>
> (중략)
>
> 견딜 수 없는 것은 낼룽대는 헛바닥이요. 서릿발 같은 면도날이요.
> 괴로움이요. 괴로움이요. 피 흐르는 시인에게 이지(理智)의 프리즘은 현기로웁소
>
> ―「불길한 노래」 부분

이 시는 자기 존재에 대한 절망적인 심정과 분열하는 자아의

모습을 가장 잘 보여주고 있다. 이 시의 나와 당신은 같은 사람이면서 동시에 분열하는 자아이다. 현실의 자아이면서 먹구렁이처럼 보이는 자아이다. 프란츠 파농은 식민지 피지배자의 심리상태에 대해 서술하면서 "피지배자의 죄의식은 내면화된 죄의식이 아니라 일종의 천벌처럼 경험하는 치욕"[4]이라고 한 바 있는데 이 시가 이런 심리상태의 극단적인 표현이 아닌가 싶다.

셋째, 그가 쓴 「성벽」, 「성씨보」 등의 시는 적서차별에 따른 소외감을 주제로 하는 시라기보다 봉건적 지배이데올로기의 허상과 비인간성을 비판하는 시다.

넷째, 그의 문학적 고민의 중심은 적서차별이 아니라 노동과 계급차별 그리고 '인간을 위한 문학' 이런 것이었다. 출구는 막혀 있고, 현실은 폭력적이며, 미래는 어둡고, 삶의 이정표는 제대로 보이지 않기 때문에 방황했던 것이다. 항구라는 공간에서 보여주는 타락과 절망과 고뇌는 자연주의 보헤미안의 위악적 포즈이며, 궁극적 지향점이 아니라 시적행로의 한 통과지점이라는 것은 분열된 자아의 거리감을 서서히 극복해나가는 「나의 노래」나 「The Last Train」과 같은 시들로 인해 증명된다.

---

4) 알리스 세르키, 이세욱 옮김, 『프란츠 파농』, 실천문학사, 2002, 421쪽.

4. 오장환 시의 귀향의식과 모성지향성

오장환 시에 나타나는 귀향의식과 모성지향성은 고향을 떠나온 탈향과 방황의 시기에만 나타나는 특징이 아니라 오장환 시 전반에 나타나는 특징이다. 오장환 문학의 밑바탕이 된 것이 '인간을 위한 문학'이라는 그의 문학관이다. '인간을 위한 문학'의 관점에서 보면 오장환의 삶과 문학에는 일관성이 있다는 것을 발견하게 된다. 오장환은 자기가 처한 현실이 인간적인가 질문하였다. 인간을 위한 제도이며 체제로 존재하는가 물어보았다. 아니다 싶으면 늘 새로운 삶을 찾아 떠났고 그것을 새로운 문학으로 표현하였다. 새로운 삶의 모습을 찾아 떠나던 모색의 길이 그의 삶의 행로가 되었고 문학적 여정이 되었다. 고향에서 시작하여 고향을 떠났다 다시 귀향을 선택하는 시적 행로 역시 마찬가지다.

그는 근대도시를 떠나 항구와 바다를 찾아갔고 방황하였지만 끝내 그 바다와 동화하지는 못하고 고향으로 돌아오게 된다. 고향에 돌아온다는 것은 곧 어머니에게로 돌아온다는 것이다. 어머니의 품으로 돌아왔다는 것은 어머니와 같이 늙고 힘없고 쇠약한 동네사람들의 팍팍한 생존의 터전으로 돌아왔다는 의미이다. 고향으로 돌아온 것이 공간적 도피이거나 전원생활을 예찬하기 위한 것이 아니라 땀 흘리는 사람들과 함께하기 위해서라고 그는 말한다.

고향-탈향-귀향으로 이어지는 시적 행로는 예세닌(Yesenin, Sergei Aieksandrovich)과도 아주 유사하다. 특히 탕아가 되어 고향으로 돌아오는 것과 불효 모티브가 비슷한 점이 많다. 그러나 오장환 시에 나타나는 향수와 어머니에 대한 그리움은 이 시기만의 특징이 아니다. 이런 시는 동시에서부터 『붉은 기』를 포함하여 다섯 권의 시집 모두에 나오는 것을 확인할 수 있었다.

두루루루
두루루루
가는 맷돌은
빈대떡 부치려고 가는 매.
내일은 내 생일.
두루루루
두루루루
엄마는 한나절 맷돌을 간다.

—「내 생일」 전문

오장환이 십 대 후반에 쓴 이 동시에는 내일이 자기 생일이라

서 오늘 한나절 맷돌을 갈며 빈대떡 부칠 준비를 하는 엄마의
모습을 지켜보는 아이의 들뜨고 기쁜 마음이 잘 나타나 있다.
이미 십 대에 동시를 쓸 때부터 시의 한가운데에 어머니가 자리
잡고 있었던 것이다. 월북 이후 북한에서 쓴 시 「남포병원」과
『붉은 기』에 수록된 「연가」에도 어머니에 대한 그리움이 나타
나 있다.

5. 중도적 주인공과 비판적 리얼리즘 시

해방 후에 그가 쓴 시들은 모두 사회주의에 경도된 시라고 생각
하는 것은 정확한 지적이 아니다. 『병든 서울』에 수록된 많은
시의 화자는 루카치가 말하는 이른바 '중도적 주인공'[5]이다. 비
판적 의식을 지니면서도 그것을 실천적 행동으로 옮기지는 않

---

5) 비판적 리얼리즘의 주인공은 사회모순에 맞선 주체적 내면을 지니면서도 항상 머뭇거리는
성격을 지닐 수밖에 없다. 왜냐하면 그는 자본주의 사회 내부에 속한 인물로서 현실모순에
비판의식을 지니면서도 자본주의적 체계 자체를 벗어날 수는 없기 때문이다. 자본주의의 비
정함에 분개하면서도 매혹적인 파리를 선망하는 라스티냑(『고리오 영감』)은 그 대표적인 예
라고 할 수 있다. 루카치의 중도적 주인공 개념을 확대해서 '중간 정도의 의식 상태'를 지닌
비판적 리얼리즘의 주인공을 지칭하는 용어로 나병철은 '중도적 주인공'이라고 했다. 나병
철, 『소설의 이해』, 문예출판사, 1998, 158~159쪽.

는 인물이다.

그러나 나에게는 울음뿐이다.

몇 사람 귀 기울이는 데에 팔리어

나는 울음을 일삼아왔다.

그리하여 나는 또 늦었다.

나의 갈 길,

우리들의 가는 길,

그것이 무엇인 줄도 안다.

그러나 어떻게? 하는 물음에 나의 대답은 또 늦었다.

　　　　　　　　　　　　　　　　　　　　　　－「나의 길」 부분

나의 갈 길, 우리들의 가는 길이 무엇인 줄은 안다. 이미 반제, 반봉건, 반자본주의의 길이요 인민의 힘으로 나라를 세우는 길이라는 것도 안다. 그러나 어떻게 해야 할 것인가에서 주저한다. 그러다 또 대답이 늦어지고 실천이 늦어진다. 그래서 자학적인 울음을 운다.

『병든 서울』은 사회주의 리얼리즘의 전형적 인물들이 주인공이 되어 움직이는 시가 아니라 비판적 리얼리즘의 시라는 뜻이 된다. 적어도 『병든 서울』에 실린 대부분의 시, 1946년까지 쓴 많은 시들이 사회주의 리얼리즘 시가 아니라는 것이다.

사회주의 리얼리즘 시는 '중도적 주인공'이나 '문제적 개인'보다는 적극적 인식과 실천력을 갖춘 '긍정적 주인공'[6]을 등장시킨다. 이러한 긍정적 주인공은 개인으로 행동하기보다는 새로운 사회의 건설을 위한 집단적 인물의 움직임 속에서 나타난다. 오장환의 시는 1946년 9월 철도총파업과 10월 항쟁을 기점으로 하여 1947년으로 가면서 서서히 비판적 리얼리즘 시에서 사회주의 리얼리즘 시로 변모되어간다.

6. 오장환 시의 현실인식

오장환은 식민지 사회에 대한 분명한 현실인식을 갖고 있던 시인이었다. 현실에 대한 그의 문학적 관심은 대략 다섯 부분으로 나타나고 있다. 제국주의 침략전쟁에 대한 반대와 전쟁의 비참한 현실에 대한 고발, 식민지 근대도시에 대한 비판, 봉건적 인습에 대한 비판, 농촌현실에 대한 연민, 해방기의 근대국가 건설에 대한 열망 등이다. 그는 우리 시문학사에서 생명파 시인으로

---

6) 위의 책, 118~120쪽.

분류되면서도 생명파와 구분되는 독자성을 보여주며, 모더니즘 계열의 시인에 속하면서도 모더니즘의 한계를 뛰어넘는 시적 성취를 보여준다. 이것 또한 오장환의 현실인식 때문이었다.

그의 작품세계는 시집에 따라 변모하기도 하지만 변하지 않는 일관성도 발견할 수 있다. 그는 어떤 작품이든 그것이 '인간을 위한 문학'이어야 한다는 문학관을 가지고 있었다. 그가 시로 표현한 반전, 반제국주의, 반봉건의식, 인간존중 사상과 근대 도시비판은 거기서 비롯된 것이다. 고향과 어머니를 노래한 시나 해방 이후의 리얼리즘 시도 '인간을 위한 문학'이었다.

오장환 시의 밑바탕이 된 시대정신은 반제국주의, 반봉건, 반식민지근대화 사상이었다. 개인적인 콤플렉스나 가정적인 이유 때문에 시 세계가 변화하는 것이 아니라 시대정신이 밑바탕이 되어 변화해나갔던 것이다. 이러한 역사인식을 가졌기 때문에 한 편의 친일시도 쓰지 않았던 것이다. 피지배자인 농민에 대한 관심과 식민지에서도 주변부에 속하는 농촌에서 쫓겨나고 힘겹게 살아가는 고향 사람들에 대한 연민을 시로 표현하였으며, 문학을 통해 고향 사람들 편에 서고자 했던 것이다.

도종환의 오장환 詩 깊이 읽기

2012년 2월 20일 1판 1쇄 찍음
2012년 2월 27일 1판 1쇄 펴냄

지은이	도종환
펴낸이	손택수
주간	이명원
편집	이상현, 이호석, 임아진
디자인	풍영옥
관리 · 영업	김태일, 이용희, 김가영

펴낸곳	(주)실천문학
등록	10-1221호(1995.10.26.)
주소	우121-839, 서울시 마포구 서교동 478-3 동궁빌딩 501호
전화	322-2161~5
팩스	322-2166
홈페이지	www.silcheon.com

ⓒ 도종환, 2012

ISBN 978-89-392-0681-6 03810